21世纪年度最佳外国小说 2020–2021

LA RESPIRACIÓN
VIOLENTA DEL
MUNDO

世界的暴烈呼吸

〔阿根廷〕安赫拉·普拉德利 —— 著

韩烨 —— 译

人民文学出版社

Angela Pradelli

著作权合同登记号　图字 01-2019-6922

Ángela Pradelli
LA RESPIRACIÓN VIOLENTA DEL MUNDO
© 2018, Ángela Pradelli
© 2018, Grupo Editorial Planeta S. A. I. C
Latin American Rights Agency–Grupo Planeta
Simplified Chinese translation copyright © 2021 People's Literature Publishing House
All rights reserved

图书在版编目(CIP)数据

世界的暴烈呼吸/(阿根廷)安赫拉·普拉德利著;韩烨译.—北京:人民文学出版社,2021
(21世纪年度最佳外国小说)
ISBN 978-7-02-016035-8

Ⅰ.①世⋯　Ⅱ.①安⋯②韩⋯　Ⅲ.①长篇小说—阿根廷—现代　Ⅳ.①I783.45

中国版本图书馆 CIP 数据核字(2019)第 300026 号

责任编辑　张欣宜
装帧设计　李思安
责任印制　任　祎

出版发行　人民文学出版社
社　　址　北京市朝内大街 166 号
邮政编码　100705
网　　址　http://www.rw-cn.com

印　　刷　三河市中晟雅豪印务有限公司
经　　销　全国新华书店等

字　　数　140 千字
开　　本　880 毫米×1230 毫米　1/32
印　　张　6.125　插页 3
印　　数　1—6000
版　　次　2021 年 3 月北京第 1 版
印　　次　2021 年 3 月第 1 次印刷

书　　号　978-7-02-016035-8
定　　价　39.00 元

如有印装质量问题,请与本社图书销售中心调换。电话:010-65233595

出版说明

评选并出版"21世纪年度最佳外国小说",是一项新创的国际文学作品评选活动和出版活动。在世界文学格局中,由中国文学研究机构和文学出版机构为外国当代作家作品评奖、颁奖,并将一年一度进行下去,这是一个首创。

"21世纪年度最佳外国小说"评选活动由人民文学出版社和中国外国文学学会及各语种文学研究会(学会)联合举办,人民文学出版社主办。评选委员会由分评选委员会和总评选委员会构成。各语种文学研究会(学会)遴选专家,组成分评选委员会,负责语种对象国作品的初评工作;再由人民文学出版社、中国外国文学学会及上述各语种文学研究会(学会)委派专家组成总评委会,负责终评工作。每一年度入选作品不得超过八部。入选作品的作者将获得总评委会颁发的证书,作品由人民文学出版社组成丛书出版,丛书名即为"21世纪年度最佳外国小说"。

总评委会认为,入选"21世纪年度最佳外国小说"的作品应当是:世界各国每一年度首次出版的长篇小说,具有深厚的社会、历史、文化内涵,有益于人类的进步,能够体现突出的艺术特色和独特的美学追求,并在一定范围内已经产生较大的影响。

总评委会希望这项活动能够产生这样的意义,即以中国学者的文学立场和美学视角,对当代外国小说作品进行评价和选择,体现世界文学研究中中国学者的态度，并以科学、谨严和积极进取的精神推进优秀外国小说的译介出版工作，为中外文化的交流做出贡献。

自2002年第一届评选揭晓到2019年，"21世纪年度最佳外国小说"评选活动已成功举办17届，共有28个国家的98部优秀作品获奖，其中，2006年度、2003年度法国获奖作家勒克莱齐奥和莫迪亚诺先后荣获了2008年、2014年诺贝尔文学奖，足见这一奖项的权威性和前瞻性，也使"21世纪年度最佳外国小说"成为一个名副其实的重要文学奖项。

自2008年开始，这套书不再以外文原版书出版时间标示年度，而改为以评选时间标示年度。

自2014年起，韬奋基金会参与本评选活动，在"21世纪年度最佳外国小说"评选基础上，设立"邹韬奋年度外国小说奖"，每年奖励一部作品。

我们感谢韬奋基金会的鼎力支持。我们相信，"21世纪年度最佳外国小说"的评选及其出版将结出更加丰硕的成果。

人民文学出版社
"21世纪年度最佳外国小说"评选委员会

"21世纪年度最佳外国小说"评选委员会

总评选委员会

主　任

聂震宁　陈众议

委　员

（以姓氏笔画为序）

史忠义　刘文飞　李永平　陈众议

肖丽媛　金　莉　高　兴

聂震宁　程朝翔　臧永清

秘书长

欧阳韬　陈　旻

西葡拉美文学评选委员会

委　员

（以姓氏笔画为序）

李　静　范　晔　徐　蕾

《世界的暴烈呼吸》以20世纪70年代阿根廷军政府独裁统治时期为背景,讲述了一对祖孙的故事。小说依照时间顺序,通过对日常生活场景耐心细致的呈现层层推进叙事,为"失踪的孩子"重新绘制了一幅记忆地图。虽然故事本身极富戏剧性,作者的写作却不落窠臼,而是尝试以节制冷静的笔触抵达最深层的情感,用明白晓畅的语言深入反思"遗忘"在建构集体记忆过程中所扮演的复杂角色。

"21世纪年度最佳外国小说"评选委员会

La respiración violenta del mundo narra la historia de una nieta y una abuela en plena represión infligida por la dictadura militar argentina en los años setenta. Escrita a modo de crónica, esta novela avanza en escenas cotidianas que van reconstruyendo el mapa de memoria de una niña robada. Pese al melodrama que suscitaría semejante historia, la narración de Ángela Pradelli llega a la emoción profunda mediante líneas caracterizadas de mesura y serenidad, todo para invitar a reflexionar, con el lenguaje explícito, sobre el complejo papel que desempeña el olvido en la construcción de la memoria colectiva.

Jurado de las mejores novelas
extranjeras anuales del siglo XXI

流动的记忆

——致中国读者

《世界的暴烈呼吸》的故事发生在阿根廷。小说开始于1976年，也就是国内最后一次军事独裁开始的那一年。主人公艾米莉亚·达帕达是一个五岁的女孩，与她的母亲住在郊外的小镇上，直到一个7月的凌晨，在那个冬天最寒冷的一天，镇压者破门而入绑架了她的母亲，把幼小的艾米莉亚独自留在空荡荡的家中，留在一个没有法律的国度里。

这个故事是虚构的，也就是说，我的写作并非基于任何证词。然而我必须承认，如果之前没有写过《以我之名——恢复身份的故事》——在这本书中，我采访了五位出生在秘密羁押中心①以及

---

① 秘密羁押中心(简称CCD)，又被称为"集中营"，是"失踪"不可忽视的另一面。为了让一个人"消失"，需要用以非法关押的秘密场所。当时阿根廷全国有超过三百四十个秘密羁押中心。在这些羁押中心里，镇压者为获取信息以实行新的绑架，严刑拷打被绑架者，并非法剥夺他们的自由。有些秘密羁押中心之前便作为关押场所存在，另一些则是公共空间、警察局附属地，甚至是武装部队特地为此目的准备的监禁场所。我们对秘密羁押中心存在的认知，只能倚赖于幸存者的证词。在独裁统治期间，他们便已开始在国外揭露这一罪行，其后又在阿根廷国内通过法律程序提出诉讼。——作者注

(或者)于幼时失踪、后来被非法领养的当事人①,我将无法写出现在这本小说。痛不欲生的亲人们质问这些婴儿在哪里,并行动起来寻找他们。他们还活着吗?谁在抚养他们?如何抚养?对于失踪的孩子和婴儿,镇压者使用了与绑架成年人相同的邪恶逻辑:让他们的身体消失②。他们也让出生记录消失,伪造各种证明和文件。1977年,妇女们(如今,她们的组织名为"五月广场祖母")继续向军人、主教和法官们抗议,要求找回自己的孙辈。通过亲人们四十多年的寻找和"五月广场祖母"的不懈工作,今天,共计有一百三十名在童年失踪、成长于非法领养家庭的人士已被找到,他们恢复了真实的身份,并找回了自己的历史。

叙事与记忆之间有着怎样的关系?我们是否仅仅讲述自己记得的事?我们只是为了不要忘却而讲述吗?还是说这两者是同一件事?我们是为了理解记得的事情而讲述吗?我们如何回到过去,又如何在叙述过去时回到过去?

艾米莉亚被抛向了一场在瞬间失去一切的经历,她被迫忘记自己的来历,忘记她所有的过去。她小小的身体感受着一种无法度量的痛苦。艾米莉亚失去了她的妈妈和她的爸爸,还有她的祖母。她失去了玩具,家庭照片,父母唱给她的歌,穿过的衣服。

---

① 很多"失踪的孩子",以及被绑架的母亲们在秘密羁押中心产下的婴儿,都被镇压者以自己孩子的名义登记在册,之后被贩卖或遗弃在孤儿院。对这些孩子的非法领养常常是在法官和公职人员的同谋下达成的。——作者注
② 强制消失,是指国家公职人员、个人、群体在政府的支持和授权下剥夺一人或多人自由,随后隐瞒信息、拒绝承认上述对自由的剥夺或拒绝提供失踪者下落,并阻碍法律程序和程序性保障的行为。——作者注

感谢上海作家协会的资助,令我于2016年在中国生活了两个月。我带着《世界的暴烈呼吸》的初稿来到中国,计划利用在华停留的时间完成对本书的修改。在这里,在与中国同事的交谈中,我得知阿根廷失踪儿童的话题——我们历史中如此悲伤的一页——总体上在中国并不为人所知。因此,得知我的小说将在中国出版,我倍感欣慰。

这个故事也与个体记忆和社会记忆有关。保存和遗忘,记忆和忽略。在记忆构建自身的同时,它会扩展,会自我调整,越来越精确,也会自我修改。在完成自己的工作时,记忆并不会固化,也不会停滞。记忆流动,寻找,带来,带去。记忆是一种孜孜不倦的建设,永不停息。

阿根廷独裁统治操纵了社会的恐惧,留下了沉默、审查和自我审查的痕迹。本书所讲述的故事,发生在一个不可能被讲述的时期。在那时,对某些事实的讲述是一种危险,决定讲出实情的人,无一不冒着生命危险。

随着我们开始在中小学课堂、大学、工厂、图书馆、广场、我们家里的私密氛围、甚至其他国家讲述这些故事,我们也会建构社会记忆。为了知道过去发生了什么,我们讲述,带着故事可以成为一种工具的期望,期望它能帮助我们找到至今仍下落不明的近四百个孩子——现在他们已是不惑之年的女人和男人。我们也期待叙事能够找回声音,存在,以及体量。

记忆是一种需要。无论是生活,还是将过去带在我们身边,记忆都是不可或缺的。叙述是记忆的工具之一。在令一个宇宙运行的同时,通过叙述,我们向过去提出问题;与此同时,过去也在审视着我们。

建构记忆的练习会解除遗忘症,减轻麻木。静止不动的记忆会打破由历史编织成的故事,成为一种病态。与之相反,当记忆起作用时,它是动态的,关心它本身的颤抖,它会震动,激荡,坦承,追问,提出疑问,再次确认,走遍不同的地方,阅读资料。

记忆是充满活力的,它从一处到另一处,感到不安,加速运转,改变自己的节奏,靠近,保持距离,回归地点、人们、物品和文字。

记忆流动,点亮自己,变暗,又重新点燃自己,给予我们更多的生命。

安赫拉·普拉德利
2019年9月

译者前言

一个人一生的足迹，往往从一个家庭开始。无论有着怎样的形态，承载着怎样的情绪，"家"都是构成我们回忆的关键词。对本书主角艾米莉亚来说，生命的开端原本也是如此。直到主义的斗争在国家层面诉诸暴力，她的家庭不复存在，记忆也随之被改写。

一个意识形态割裂的社会，会给生活在其中的人带来怎样的后果？如果过去令人痛苦，我们还是否应该回到过去？

《世界的暴烈呼吸》对转型正义的反思，令我想起西班牙纪录片《旁人的沉默》。在西班牙内战和其后的独裁统治期间，佛朗哥政权以各种名义迫害异见人士，四十余年间埋骨乱葬岗者、下落不明者不计其数。然而，民主化之初的西班牙政府于1977年颁布了"赦免法案"，不仅放弃了对1976年12月15日之前的各种政治犯罪的惩罚，还对关于内战、独裁时期历史真相的调查进行了限制。和本书一样，这部纪录片聚焦的是拒绝遗忘的普通人。为了修复失落的记忆，他们一次又一次将伤疤示人，执拗地回到痛苦的中心。因为在那段被强行抹去的过去中，躺着他们不知所踪的祖辈和父辈。

如果说集体记忆是构建集体认同的基础，那么对于集体认同来说,遗忘什么便与记住什么有着同等重要的意义。在官方历史叙事的引导下,西班牙社会开始遗忘独裁,遗忘迫害,无论是政治迫害,还是人与人之间的精神迫害。与西班牙的情况类似,在阿根廷,国家同样介入了遗忘的制造。"不要搅动过去""让过去的伤口愈合",诸如此类的话语一步步从舆论渗入生活,时至今日,已发展成一种倾向于逃避问题本质的思维惯性。

这样的惯性如此深入人心,使艾米莉亚的祖母丽娜寻找孙女的过程变得异常艰辛。但即使被压抑、被消失,她们的声音仍然对抗着被权力合理化的遗忘,也在历史叙事中留下了自己的痕迹。

这样的惯性,也令艾米莉亚成长的环境充斥着被强制的遗忘和虚假的平静。她喜欢画画,她的记忆碎片也与图像、感官密切相关:妈妈的爱抚,爸爸的歌声,奶奶的礼物,月亮边缘的孩子,儿童院的鸟……个人记忆,集体记忆,有意识的回忆,无意识的回忆,精神创伤式的回忆,在作者笔下随着艾米莉亚的成长逐一铺展,时隐时现,最终交织在一起,重新获得了逻辑。

本书作者安赫拉·普拉德利曾在布宜诺斯艾利斯地区做过三十余年的中学语文教师,书中出现的多个市郊小城,大抵都是她熟悉的地方。对她来说,书写与讲述一样,是对抗遗忘的方式。普拉德利描摹日常生活时怀有的耐心,具有丰富视听想象的叙事,以简洁的笔法塑造鲜明人物的能力,让我在翻译过程中获得了一种与精读剧本相似的体验。希望本书的翻译和出版,能让更多读者通过艾米莉亚寻找记忆的故事,了解阿根廷社会这段不应被忘记的历史。译文不足之处,敬请读者指正。

韩　烨

2019 年 10 月于马德里

献给拉莉·本都拉、艾斯特·克罗斯和
罗萨里奥·安德拉达

目　录

1976 …………………………………………………………… 1
1977 …………………………………………………………… 85
1980 …………………………………………………………… 103
1983 …………………………………………………………… 131
1992 …………………………………………………………… 143

鸣谢 …………………………………………………………… 174

1976

悲伤的面纱在脚步之上铺展开来。

——乔治·斯坦纳[①]

[①] 乔治·斯坦纳(1929—2020),法裔美国文学评论家、散文家、哲学家、小说家,代表作有《巴别塔之后》等。

布尔萨科①

法德尔街在离车站两夸德拉②的地方。阿德里安娜和女儿艾米莉亚住在974号,几乎在与罗哈斯街的交叉口上。她们是7月初搬来这里的。埃内斯托没和她们住在一起,但每星期都会打电话来,而且只要可能就来看她们。

时值冬日,7月的最后一周。今天,至少在布尔萨科,看起来是今年目前为止最寒冷的夜晚。已经过了晚上10点。在街道这一段,即半夸德拉处,仅有的一盏微明的灯无法把街道完全照亮。昏黄的灯光形成了一个狭窄的圆柱体,虚弱地倒在半夸德拉处,在一小块沥青路上留下一个无力的光圈。在法德尔街街角还未到罗哈斯街的地方,停着一辆黑色的雷诺12,车里坐着两个人,从外面看就像两道巨大而静止的影子。阿德里安娜和艾米莉亚家的窗户,也就是那两个男人从车里观察着的窗户,全都紧闭着。房子也笼罩在黑暗中,甚至比街上还要暗。

阿德里安娜和埃内斯托相识于1970年,从那时起,两人便开

---

① 布尔萨科,布宜诺斯艾利斯省城市,距首都约25公里。
② 夸德拉,拉丁美洲常用计量单位,指一条街两个街角之间的直线距离,一般长约100至150米。

始一起在索拉诺①参加政治活动。那时他二十三岁,三年前加入了蒙多涅罗城市游击队②。阿德里安娜十七岁,还有几个月才高中毕业;在学校的最后两年,她是学生会代表。认识埃内斯托的那场游击队员会议是卡门——她最好的朋友——带她去的。那是阿德里安娜第一次参与校外的政治活动。那个星期,阿德里安娜和埃内斯托每天都见面。他们去看电影,在布宜诺斯艾利斯散步,在火车站的长椅上一坐就是几个小时。他们也在附近休耕田地的树下看书,一听到火车经过的声音便合上书,也合上眼睛。埃内斯托总是说,要把自己交给那种音乐,因为那是最好的诗。也是那个星期,埃内斯托带阿德里安娜去了索拉诺,还去了他母亲丽娜家中吃饭——那时她还住在拉普拉塔③。阿德里安娜和丽娜一见如故。没过几天,埃内斯托就提议两人搬到一起住。为了和他在一起,她从家里逃了出来,并很快怀了孕。9月,艾米莉亚出生。登记在册的信息是艾米莉亚·达帕达,1971年9月21日13点25分生于拉普拉塔市,埃内斯托·达帕达和阿德里安娜·罗德里格兹之女。

尽管天气非常冷,家里也没有炉子,艾米莉亚还是不喜欢在法德尔街的家里穿两件大衣。她已经五岁了,再过两个月就要过六岁的生日,但还没开始上学。细细的长发轻轻落在她背上。她是个快乐的孩子,喜欢唱歌;不管是在屋后的小院里自己玩,还是和她的妈妈在厨房里画画,她都可以玩好几个小时。她穿着灯芯绒裤子,粉色羊毛大衣,妈妈给她做的带荷叶绲边的白衬衫,还有奶奶丽娜送她的绿色软皮鞋。阿德里安娜2月就满二十四岁了,但

---

① 索拉诺,即圣弗朗西斯科索拉诺,布宜诺斯艾利斯省城市。
② 蒙多涅罗城市游击队,阿根廷左翼武装,反对军政府独裁统治。
③ 拉普拉塔,阿根廷东部城市,布宜诺斯艾利斯省首府。

看起来比实际年龄要年轻,一双大眼睛嵌在两道弯弯的浓眉下面。埃内斯托很高,非常高,他也和艾米莉亚一样生性快乐,喜欢音乐。三人还住在一起时,每天晚上,为了哄艾米莉亚入睡,埃内斯托都给她唱歌。阿德里安娜会先给她讲个故事,埃内斯托再给她唱歌。每次的歌都不一样,有些是他即兴创作的。

搬到布尔萨科之前,阿德里安娜、埃内斯托和艾米莉亚住在基尔梅斯①一栋和组织里三个同伴合租的房子里。3月25日,军事政变爆发的第二天,他们中的一个人没有回来。一星期后,埃内斯托告诉阿德里安娜,他不能再住在这栋房子里了,得离开这里避一段时间,因为也有人在找他。从那时起,阿德里安娜再也不知道埃内斯托在哪里,什么时候回来,也无法通过任何方式联系到他;她只能等他的电话,等他让某个同伴捎来口信。阿德里安娜甚至不知道埃内斯托大概在哪一带,不知道如果艾米莉亚或是她自己有什么需要,该去哪里找他。为了不将她们和合租的同伴们置于险境,他三缄其口,但每周都给她打电话。有时候,当他没法去公共电话亭时,就让一个同伴给她打电话。

到6月初,已经有很多来自不同左翼组织、党派的成员失踪了。因此,在争论了整整一个星期天之后,阿德里安娜和另外三个同伴决定离开这栋房子。星期一一大早,太阳还没有出来,他们就分道扬镳,朝着各自的目的地出发了。第一个人是早晨6点离开的。一小时后,差几分钟7点的时候,阿德里安娜和艾米莉亚也出发了。阿德里安娜一手牵着艾米莉亚,另一只手提着一个黑色人造皮革包,里面装着几本书、衣服、两袋米,还有艾米莉亚的彩色铅

---

① 基尔梅斯,阿根廷布宜诺斯艾利斯省城市。

笔和娃娃。她们到坦珀利①车站的时候,天还没亮。阿德里安娜买了两张到布尔萨科的票。一个高中女同学,在不知道阿德里安娜是游击队成员的情况下,把姨妈贝芭的电话和地址给了她。这位姨妈有一套房子出租,自己也住在同一条街上,只接受关系较近的熟人推荐的租客。开往布尔萨科的火车还有十二分钟到站。在站台的报刊亭,阿德里安娜在日报的头版看到魏地拉②开始了在阿根廷南方的视察。艾米莉亚很困,把自己的身体靠在妈妈身上,闭上了眼睛;阿德里安娜抚摸着她的头,继续读着头条新闻。

三十多个士兵穿过人行天桥来到站台上,命令所有去往孔斯蒂图西翁③的乘客下车,并要求他们出示证件。阿德里安娜感受着艾米莉亚沉睡的身体靠在她身上的重量。士兵们检查了每个乘客的包和钱夹,还用武器碰了他们。

开往布尔萨科的火车晚点了。人相当多,尽管如此,阿德里安娜还是在最后一节车厢中找到了一个座位。艾米莉亚一上车就醒了,坐在她的膝头。火车转弯时的运动让艾米莉亚的身体摇摇晃晃,随着惯性从一侧倒向另一侧。

从3月起,确切地说就在埃内斯托从基尔梅斯家中离开的那天,阿德里安娜认为自己最好放弃政治运动,远离组织一段时间。她没和任何人说,但从那时起她一直在思考这个问题;而那一天,坐在开往布尔萨科的火车上,细瘦的双腿上是艾米莉亚的全部重

---

① 坦珀利,布宜诺斯艾利斯省城市。
② 豪尔赫·拉斐尔·魏地拉(1925—2013),阿根廷军人、独裁者,1976年和一批右翼军官发动军事政变,软禁伊莎贝尔·庇隆,自任阿根廷总统。魏地拉上台后,将整个国家置于军事管制下,通缉和捕杀迫害左翼人士。在军事独裁统治期间,多达三万人在政府发动的"肮脏战争"(1976—1983)中被杀害或遭受酷刑折磨。
③ 孔斯蒂图西翁,布宜诺斯艾利斯市的一个区。

量,阿德里安娜想到了另一个选项:为什么不接受埃内斯托母亲丽娜的提议,送艾米莉亚到瑞士和她一起生活?最近丽娜一直在重申,最好能让孩子远离危险,就算是几个月也好。

那个上午,她们快到布尔萨科的时候,阿德里安娜又在考虑另一个可能性:与其把艾米莉亚单独送去,不如她也一起去苏黎世。丽娜总是对他们说,她还有一个房间,在阿根廷的情况开始好转之前,他们可以和她住在一起。

关于那两个留在基尔梅斯家中的同伴,其中一个在中午离开,成功到达内格罗河①,在一个女性朋友家中躲了起来。另一个人坚持到晚上才出发,在正要过街去车站时被一辆车截住,被带走了。他,还有那个一早出发的、第一个从基尔梅斯家中离开的同伴,至今杳无音讯。

一下火车,阿德里安娜就找了一个酒吧让艾米莉亚吃早餐。布尔萨科车站里只有一个酒吧,开在一个有点狭窄但相当长的空间里,叫作平行酒吧;阿德里安娜费了点力气才找到它,因为必须离开站台,经过小广场,穿过与铁轨平行的那条街才能到。人造皮革包已经开始让她觉得沉重。终于找到酒吧后,她们在最里边的一张桌子旁边坐下。阿德里安娜点了一杯牛奶咖啡和一个半月面包②,但酒保又多送了她们一个,艾米莉亚津津有味地把两个面包都吃掉了。

法德尔街974号在贝芭家对面一侧的街上,从她家再往北走

---

① 内格罗河,阿根廷中部省份。
② 半月面包,一种类似于羊角面包的甜点。

七十米。知道阿德里安娜和艾米莉亚现在住在这儿的同伴屈指可数,拉柯洛是其中之一。一到这里,阿德里安娜就给她打了电话,把地址和新电话号码告诉了她。当天,拉柯洛通知了埃内斯托。还有其他三个同伴知道阿德里安娜和艾米莉亚母女俩住在这里,时不时打电话过来,看看她们是不是需要什么。

有时阿德里安娜会把艾米莉亚放在贝芭家,然后和拉柯洛在平行酒吧碰面。艾米莉亚喜欢待在贝芭那儿,帮她一起准备午饭的煎肉排,吃过饭后一起玩井字棋。贝芭总是让她赢,在艾米莉亚举起双臂大喊"井字棋,好运和我在一起!"时露出笑容。有些下午,贝芭会带她去广场。两人手牵着手,穿过幽暗的隧道,从火车站的另一边出来,马上就到了广场。贝芭全程都不会松开艾米莉亚的手,因为怕她走丢,找不到回家的路。因此,无论是在去程还是回程的路上,贝芭都会问她好几次家里的地址,好让她记牢。

"你住在哪儿?"

"法德尔街974号。"艾米莉亚回答。

在平行酒吧,阿德里安娜和拉柯洛总是选最里面靠墙的桌子,喝杯咖啡,然后一起到城里工作。所有人都管这里的酒保叫"哑巴",因为他只说必需的话,每天说的词用一只手就能数过来。他不讨厌这个绰号,他认为重要的是倾听,听比说重要,话谁都会说。确实,他算不上亲切,还有点孤僻,但他是个善良的人,每次阿德里安娜和拉柯洛付账时,他总是只收一杯咖啡钱。

阿德里安娜和艾米莉亚搬到布尔萨科之后,埃内斯托只来看了她们两次。起初,艾米莉亚每天都问起他,直到阿德里安娜告诉她不应该这样做,不应该再问爸爸是不是还会回来,不要再提起他,因为可能有人在偷听。埃内斯托第一次去看她们时,见面短暂而紧张。离开之前,艾米莉亚让他唱首歌给她听。埃内斯托跪下来,在她耳边轻声唱了。第二次是两星期前。阿德里安娜知道埃内斯托会来,便把这个消息告诉了艾米莉亚,好让她开心。艾米莉亚画了几张五颜六色的画,要送给她的爸爸。埃内斯托说会留下吃晚饭。阿德里安娜和艾米莉亚提前摆好了桌子。她们时不时地透过百叶窗的缝隙望出去,没想到埃内斯托却是从后门进来的。阿德里安娜吓了一大跳,也许是因为受了惊吓,她一看见埃内斯托就哭了起来。这是艾米莉亚唯一一次见到妈妈哭。那晚他们吃了白米饭,还有杂果果冻。埃内斯托开了几个关于他到家时情景的玩笑,并向她们保证再也不会不说一声就从后门进来了。吃完果冻,埃内斯托送给艾米莉亚一个礼物——一个长手长脚的娃娃。

"你要给她起什么名字?"阿德里安娜问她。

"艾米。"女孩说。

埃内斯托说,他还为她准备了另一份礼物。一家三口穿上外套,埃内斯托还去拿了艾米莉亚床上的毯子,是贝芭拿钩针用不同颜色的羊毛织成的。艾米莉亚喜欢看月亮,因为她总是能在月亮里看见人影。有些夜晚,她看到笑着或哭着的脸;另一些时候,则是奔跑着的和在附近走来走去的人。他们还住在基尔梅斯时,有一天,艾米莉亚向埃内斯托问起住在月亮里的人。他笑了,告诉她,所有这些人都是她的想象,不用害怕。

他们三人来到院子里。院子小小的,铺着灰色的地砖,高高的墙上有几块潮湿的霉斑。夜晚晴朗。尽管很冷,他们还是在地砖上坐下来,背靠着墙。艾米莉亚坐在中间,埃内斯托用厚厚的毯子把三个人裹起来。之后,他一边爱抚着阿德里安娜的头,一边在她耳边说了些什么,又问艾米莉亚冷不冷。她抬起头,看到一块矩形天空在他们头顶闪闪发光。这次是阿德里安娜对艾米莉亚说,他们还有个礼物送给她。这是她第一次同时收到两份礼物。坐在院子冰冷的地砖上,被厚厚的毯子包裹着,阿德里安娜告诉她,她将会有一个弟弟。

"什么时候?"艾米莉亚大喊。

"嘘——拜托。"阿德里安娜请求她,"小声说话。"

艾米莉亚用缓慢的低语重复了一遍问题。

"还有段时间。"阿德里安娜回答她。

"但是什么时候啊?"艾米莉亚坚持问。

"12月,"埃内斯托说,"夏天来之前。等你弟弟出生,我们四个就住在一起。"

"永远在一起吗?"艾米莉亚问。

埃内斯托抱住她,之后把头靠在墙上,任由艾米莉亚亲他。

"不出声的吻,知道吗?"他请求她。

艾米莉亚感觉着埃内斯托冰凉的脸。阿德里安娜斜靠在他的胸口,闭上了眼睛。

艾米莉亚又望向天空,开始问她的父母那个永恒的问题:所有那些不停打转的人要去哪里?为什么所有人都急匆匆的?那天晚上,她觉得月亮最黑暗的边缘也有好几个孩子。他们孤零零的,一动不动。很多静止不动的孩子。艾米莉亚看不清他们的面孔,但知道他们是孩子,因为他们的身体很小,和她的一样;有一刻,她很害怕那些孩子滑倒,或是有人去推他们。仅仅是这样想想,她便感到在被谁拉扯着双腿;尽管坐在坚实的地砖上,有一瞬间她却产生了一种跃入虚空的感觉,感到一阵剧烈的晃动,仿佛正在下坠的是她自己一样。

在铺着地砖、墙壁上染着霉斑的小院里,天空继续照着他们三个人。星星越来越明亮,甚至看起来更低了。月亮开始移动。艾米莉亚蜷缩在厚厚的毯子下,当她再次抬起头时,视线所及之处,月亮似乎移动得更快了。如同之前在最黑暗边缘看到的那些孩子,月亮现在也在院子的边缘,如果它继续移动,很可能会在一瞬间消失,再也不会回到他们三人头顶的那块矩形天空里。如果月亮继续飞跑,沿着小院那堵墙的边缘,最终它会离开这个画框,离开他们共同凝望的这唯一一块天空。她伸出双臂,掌心向天空摊开着。

"你在干什么呢,艾米莉塔①?"埃内斯托问她。

她的手臂举得更高了:

"我想抓住它。"

一眨眼的工夫,阿德里安娜和埃内斯托就睡着了。在夜晚的寂静中,两人的呼吸声愈加沉重。艾米莉亚最后一次看到了月亮里黑暗河畔的孩子,然后再次问自己,如果他们从那个边缘掉下来会怎么样,会有人接住他们吗?他们会落到什么地方去?她想问问她的父母,但他们还在沉睡。她为自己是院子里唯一醒着的人而感到害怕,用掌心轻轻地拍了拍他们的脸,按了按他们的胳膊,还捏了捏他们的鼻子,但都没能让他们醒来。

法德尔街的家里没有暖气炉。今夜,布尔萨科的气温是零下三度。这样的低温已经持续了好几天,天亮时街道总蒙着一层厚重的霜。只给一个取暖器,今天阿德里安娜在里面加上了仅剩的一点煤油。艾米莉亚和她坐在桌边吃饭,晚饭是阿德里安娜按丽娜的菜谱做的土豆馅饼——那是埃内斯托第一次带她回母亲家吃晚饭时,丽娜教给她的。艾米莉亚吃得津津有味,正在嚼第二块馅饼,而阿德里安娜的叉子却只是在土豆泥上转了一圈又一圈。她无法停止想卡门——她最亲爱的朋友,她加入游击队的介绍人,也正是因为卡门,自己才得以认识埃内斯托。卡门住在克莱波尔②。

---

① 艾米莉塔,艾米莉亚的昵称。
② 克莱波尔,阿根廷东北部城镇,属于布宜诺斯艾利斯省。

有时阿德里安娜和艾米莉亚会去她家玩，晚上留在那里过夜。卡门总是告诉阿德里安娜，要照顾好自己，要比以往更加警觉。她是这样说的："如果我没给你打电话，是因为我得避一段时间，不用害怕。"正在吃晚饭的母女俩有点冻僵了。阿德里安娜顾不上食物在盘中逐渐变冷，任由思绪从一件事飘到另一件。她想着埃内斯托和卡门，他们都好几天没打电话来了；取暖器也令她担心，油罐只有一半是满的，等油罐一空，她将毫无办法，因为大罐子里储存的煤油已经用光了。如果连取暖器都没有的话，家里会冷得让人无法忍受。阿德里安娜和卡门最后一次见面很奇怪。卡门建议两人在布尔萨科主广场对面的教堂里碰面。阿德里安娜把女儿送到贝芭家，独自去找卡门。她先到了，在教堂中央的一张长椅上坐下。当时有两个女人在前排祈祷，一个男人跪在祭坛前。卡门很快也到了，她在阿德里安娜正后方的长椅上坐下，装作念祷词的样子在她耳边低语。她们就是这样见面的：像两个正在祷告的女人，彼此素不相识。卡门对阿德里安娜说，如果她出了什么事，请他们把消息告诉她父亲。之前一直在告解室观察着她们的神父朝两人走了过来。卡门的目光钉在祭坛的十字架上，继续佯装祷告。阿德里安娜亦然。之前卡门已经开始报父亲的电话号码，直到神父在她们身旁坐下时，她才不得不停了下来。阿德里安娜的嘴唇仍然在动，装出祷告的样子。她保持着这个姿势几乎有半小时，直到决定起身离开。当她转过身时，发现卡门已经不在那里，神父也消失了。

雷诺12仍然停在法德尔街。车里的两个男人观察着974号那栋房子，时不时地伸手擦擦布满雾气的玻璃。

阿德里安娜把剩下的那块土豆馅饼放进冰箱。艾米莉亚在她的房间里,正自己穿睡衣。桌上有两个盛着剩菜的盘子,刀叉,杯子,一个装着一点水的敞口带耳罐。阿德里安娜和艾米莉亚刚吃完饭,就把椅子推到桌子的另一边,开始画画。因此,除了盘子,桌子上还有一个画了画的本子,两三支黑色铅笔和很多支彩色铅笔,一个卷笔刀,削下来的铅笔屑,折断的碎铅,几张画了画的白纸和许多张还没用过的纸。

从自己的房间里,坐在床上的艾米莉亚背靠着床头,大声对阿德里安娜说:

"妈咪,我想要艾米。"

阿德里安娜从门外探头进来。她有些僵硬,艾米莉亚没有像她嘱咐的那样小声说话,这让她紧张。她拉着艾米的胳膊,娃娃的腿拖在马赛克地砖上。

"不要大喊大叫!"她站在门口责备道。

在房间里往床边走时,阿德里安娜不小心踢到了丽娜奶奶送给艾米莉亚的鞋子。自从去年丽娜搬到瑞士,这是她第一次回阿根廷探亲。丽娜刚回来,艾米莉亚就在她拉普拉塔的家里过了一夜,第二天两人一起去贝斯克丝鞋店买了这双绿色的羊皮鞋,每只鞋上有一条系在脚踝上的带子,可以用搭扣扣在脚背上。丽娜带了艾米莉亚去店里,是因为想让她自己挑鞋。店主告诉她这双鞋不是平日里穿的,而是为庆祝活动设计的,但丽娜仍旧买了下来,因为艾米莉亚非常喜欢。从那天起,她没有一天不把它们穿在脚上。阿德里安娜弯下腰,拾起鞋子,仔细地把它们放在床头柜下面。和往常一样,她说话的声音很低。

"您的艾米在这里,小姐。"

把艾米递给艾米莉亚时,阿德里安娜看到娃娃背上用紫色的线绣着的名字。

"咦?这是谁绣的?"

"丽娜奶奶。"艾米莉亚说,"我在她家睡觉那天她绣的。"

"嘘——我怎么跟你说的?"阿德里安娜责备道,"小点声说话。你知道这上面说什么吗?"

小姑娘耸了耸肩。

"艾米。"她几乎呢喃道。

"但你不认字……"

"丽娜奶奶告诉我,"艾米莉亚一边回答,一边用食指抚过每个紫色的字母,好像在写字一样,"这里写着艾米。"

阿德里安娜解开艾米莉亚辫子上的绿白格发带,她的头发轻轻落在小小的肩膀上。阿里安德娜用总是放在床头柜上的圆头白鬃梳子非常轻柔地梳着艾米莉亚的头发。

"丽娜奶奶真好啊,对吧?"

小姑娘点点头,以示同意。比起梳头,阿德里安娜更像是在给她按摩,因此艾米莉亚闭上了眼睛,头上这种微微的痒总是让她觉得很舒服。

"妈咪……"她低声说。

"怎么了,女儿?"

"晚饭很好吃。"

艾米莉亚闭着眼睛,沉浸在妈妈用梳子给她做的头部按摩中。

"女王一样的头发啊……"

"爸爸说他不喜欢女王。"

"这是两回事。"

"你喜欢女王吗?"

"改天我再给你解释清楚。"

"我喜欢你给我梳头,妈咪。"

阿德里安娜亲了亲她的额头。

"我知道啊,小美人……好了,但今天到此为止。现在该睡觉了。"

小姑娘躺下了,阿德里安娜给她盖好被子,一只手抚摸着她的头,像梳某种发型一样,在指间编着艾米的头发。

"明天我们还画画吧,妈咪?"

很多在近几个月失踪的游击队员都是被身边的人举报的。拉柯洛肯定,第一个离开基尔梅斯家中的同伴是被他以前在工厂工作时的上司告发的。上星期,在火车站另一边的学校里,军人绑架了一位正要去上课的音乐老师;人们马上就知道了举报她的是同一所学校里的同事。还有一些游击队员在约人见面时中了圈套,所以埃内斯托只和一个同伴讲了今天他要去看阿德里安娜和艾米莉亚的事。就连她们也不知道今晚他会留在布尔萨科的家中过夜,因此并没有在等他。埃内斯托在坦珀利车站。从孔斯蒂图西翁开出的列车人满为患,以至于有人不得不挂在火车车厢的踏板上旅行,还有八到十个人紧紧抓着车厢上方的扶手,看起来就像一串被压扁的葡萄。在坦珀利下车的人很少。埃内斯托没能挤进任何一节车厢,但他趁火车已经开动时爬上了最后一节车厢,把自己挂在了最低的那级台阶上旅行。最危险的是在火车转弯时,埃内斯托得把身体往下倾。他承受着挂在上面两级台阶上旅客体重的总和,用力抓紧栏杆,直到火车再次开始直行,身体也随之恢复平衡。在布尔萨科一下车,他就看到从小广场那边开来一辆警车,马上就有四个持枪的警察下了车。埃内斯托挤在一大群乘客中间,为了让自己的身高不显得那么引人注目,他弓起了背,过了马路便试图躲进平行酒吧里。酒吧已经打烊,哑巴正用一块湿抹布擦桌子。尽管前门已经反锁,哑巴还是给他开了门,埃内斯托飞快地穿过酒吧,消失在通往库房的走廊尽头。过了一会儿,哑巴探身看看库房,一片黑暗,好像是为了让埃内斯托听到一样,他说:

"纸箱后面。"

他想告诉埃内斯托的是,装满货物的纸箱后面有个能通往夹层的梯子。这时,酒吧老板从洗手间出来,问是否一切正常。哑巴朝他点点头。老板不依不饶,说自己好像听到了什么声音;哑巴继续用抹布擦着桌子,并不回答,因为就像这里的客人说的,哑巴有时也会装聋。给砸门的两个警察开门的是老板。

两个警察带着已经取了枪套的武器走进来,一个检查洗手间,另一个走到通往库房的走廊上;老板跟在他后面,打开了所有的灯。几分钟后,他们回到了大厅。

"还有别人吗?"其中一个问。

"没有了。"老板回答,"刚打烊,只有我们俩。"

"没看到什么奇怪的事?"另一个问。

"我之前在这儿擦桌子。"哑巴说,"看见一个人在使劲敲门,像是想进来,但我没给他开门,那家伙就走了。"

"长什么样?是个年轻人吗?"

"跟其他客人没什么两样。"

"他朝哪个方向走了?"其中一个警察问。

"那边。"哑巴说,指着北边。

两个警察离开酒吧,老板又把钥匙插到门上,还放下了门闩。然后,他把脸转向了哑巴:

"你是从什么时候开始这么能说的?"

雷诺12上的两个男人从车上下来,悄无声息地关上车门。他们穿上大衣,戴上围巾和手套,伸伸腿,点燃一支烟,走到街角又走回来,扔掉烟头,又回到车上。

"明天我们继续画画吗,妈咪?"

阿德里安娜把梳子和绿白格的蝴蝶结发带放在一个柜子上，柜子上还有好几个彩色发箍、其他蝴蝶结发带和几个发卡。

"对，明天我们继续画，但现在已经很晚了，你得睡觉了。"

阿德里安娜从床头柜的抽屉里拿出一双长筒袜给艾米莉亚穿，想让她冰凉的脚暖和一点。她把手伸进贝芭借给她们的针织被子下面，去找艾米莉亚的脚——因为不想穿长袜，她把脚藏了起来。

"好了，我的宝贝。"阿德里安娜试着说服她，"我给你把袜子穿上，现在太冷了。"

在裙子下面，阿德里安娜的手捏住了艾米莉亚的双脚。艾米莉亚觉得好玩，笑了起来，但她压着笑声，就像妈妈教的那样，不让自己放声大笑。阿德里安娜把她的脚朝她身体的方向推过去，但艾米莉亚突然做了一个动作，想要挣脱。她们重复了两三次相同的游戏，直到阿德里安娜宣告放弃。母女俩头靠着头，低声笑作一团，笑声湮灭在她们身体相遇时形成的空隙里。阿德里安娜让步了，艾米莉亚可以不穿长袜睡觉。她折起针织被，把被角塞在床垫下面，好让小姑娘不会踢开被子，也不会觉得冷。

"你能唱歌给我听吗，妈妈？"艾米莉亚请求道。

阿德里安娜告诉她不行，已经太晚了，但艾米莉亚做出了要哭的表情。

"给我唱《钓鱼的猫》。"

"好吧，行，但我唱得可不像你爸爸那么好，知道吗？"

艾米莉亚开心地鼓掌，发出短促的小小撞击声，但为了让她不要出声，阿德里安娜还是责备了她，并将食指放在嘴唇上做出安静的动作。于是小姑娘又鼓了一次掌，但是没有发出任何声音。阿德里安娜的歌声近乎呢喃："多危险／走在街上／在猫钓鱼的街上／猫钓到鱼之后／就藏起来又逃走了啪啪啪。／你看得见那只猫在钓鱼吗/在那儿,坐在它的小窗前。/心不在焉地走过/心不在焉地走过的人啊/强盗猫/用鱼竿和鱼钩钓起草帽/他们的草帽和发髻髻髻髻。"

艾米莉亚的眼皮沉重了起来。阿德里安娜帮她掖好被子,叠好粉红色羊毛大衣、荷叶绲边领子的白衬衫和灯芯绒裤子。

离开房间之前,她又亲了一下艾米莉亚,然后关上了灯。

她回到厨房,点燃一支烟。烟盒里只剩下几根了,但她早晨又买了好几盒,现在正叠放在冰箱上。晚上将近 11 点半。阿德里安娜在等拉柯洛的电话,拉柯洛本来说好下午打给她,但直到现在还没有动静。这次最好不要去平行酒吧见面了,她们可以找一家离车站远一点的酒吧,阿德里安娜一边在家里走来走去一边想。她紧张地抽着烟,咳嗽时用双手捂住嘴,以掩饰自己发出的声音。

埃内斯托已经四天没和她联系了。整整十天没有卡门的任何消息。昨天下午埃内斯托的一个同伴打电话来,问她和艾米莉亚怎么样。他问她们是否需要什么东西,并告诉她尽管放心,埃内斯托一切都好。而她希望能听到他的声音,跟他说几句话,哪怕是在电话里。

阿德里安娜把烟熄灭,走近朝街的窗户,透过百叶窗的缝隙向外看。窗外万籁俱寂,几乎漆黑一片。她走进厨房,把盘子收到一起,打开水龙头,在水槽里装满水,倒进洗洁精,把脏盘子和几个做饭时用过的粗陶罐浸在水里。等待洗洁精和热水减轻油渍的那几秒,她把双臂支撑在厨房台面上,卸着疲惫身体的重量。有几秒钟,她的目光停留在浮着泡沫的水面上,粗陶罐和盘子沉在水里。之后,她把一枚镶着绿色小石头的细细的金戒指摘下来,放在厨房台面上的一个咖啡杯里,以防洗洁精把它泡坏了。她把浸在泡沫中的盘子逐个从水槽里拿出来,水已经脏了。她用一块海绵擦拭盘子,然后把还没冲洗的盘子在厨房台面上摆好。盘子上的水滑落下来,滴在地上。外面传来的一声喑哑噪音让她吓了一跳。她把正在洗的盘子也放在台面上,但盘子又滑向了水槽,再次沉入了越来越脏的水里。双手还湿淋淋的,她走到朝街的门边,去检查门是否锁好了,边走边将手在裙摆上擦干。一个金属环上的三把钥匙挂在锁上。阿德里安娜打开门又关上,动作紧绷。寂静的家中回响着钥匙快速来回转动、相互碰撞的声音。她又动了动门闩,小心地将它推过去,以确保门无法打开。她重新做了一次:开,关,又推了一次门闩。当她松开手时,钥匙晃动了起来,在短暂的摇摇晃晃间碰撞在一起。在寂静的房间里,这微乎其微的声音也像一声巨响。矮桌上摆着灯和电话。阿德里安娜拿起听筒,里面传来的声音在空旷的房间里显得尖厉刺耳。她迅速放下电话,让它不要再响。在黑暗中,她又去检查窗户闩扣。像检查门闩时一样,她把所有闩扣松开再扣上,如此重复了两遍。闩扣的铁钩发出难听的尖叫,切开了寂静。阿德里安娜经过艾米莉亚的房间。孩子的身体露在外面,被子现在在床脚。阿德里安娜重新铺开被子,把她盖得严严实实。在房间的寂静中,她听到女儿深沉的呼吸。阿德里安娜亲吻着她,为了不吵醒她放轻了动作,又在她上方俯下身用嘴唇蹭着她的面颊。阿德里安娜的身体覆盖了艾米莉亚的身体,尽管只有几秒,因为电话声立刻在饭厅里响了起来,铃声吓了她一大跳,她从床上跳起来,为了不发出声响,飞快而轻盈地走了过去。她拿起听筒,一言不发,等着另一边的人跟她说话。

雷诺 12 上的两个男人从车上下来,在贝芭家那侧人行道的大椴树下小便。他们点了支烟,抽了两三口又掐掉。霜正落下来,车外的寒冷令他们无法忍受。

埃内斯托从夹层的气窗爬到了平行酒吧的房顶上。水箱靠在两面矮墙上,形成了一个直角。那两个警察继续在酒吧附近搜寻时,埃内斯托就躲在那下面。

打电话来的是拉柯洛。阿德里安娜压低声音讲话,近乎低语:"对,对,我在等你的电话,但还是吓了一跳。你还好吗?"

拉柯洛对她说,明天的会议上他们会确定几场行动。阿德里安娜没说话,但她准备告诉他们另一件事情。她已经决定了,想离开阿根廷一段时间。她准备把这个想法告诉同伴们。在这一刻,她能为艾米莉亚做的最好的事情,就是带着她远离这里。她们会去瑞士,去埃内斯托母亲家里。她得赶快准备办护照的手续。等丽娜知道她们会和她一起走,她会很高兴的。最困难的是说服埃内斯托,他总是说要留在这里,战斗到最后一刻,永远不放弃斗争。祖国或是死亡。

阿德里安娜试图掩饰自己的恐惧。

"怎么了?"拉柯洛问,"你睡着了?"

"没有,我还没洗完盘子。"

拉柯洛对她说明天10点之后可以过来,她的另一个选项是今晚就去布尔萨科,一个小时就能到,她可以睡在阿德里安娜家,然后早晨她们可以一起去开党会。阿德里安娜打断了她。

"不,别来这里。"她对拉柯洛说,"我看到街上有以前没见过的人,已经好几天了,我怕他们已经盯上这个家了。"

"那就明早在平行酒吧见。"拉柯洛说,"我10点钟在那儿等你。"

"还是在街区里比较好。"阿德里安娜建议,"我早点出门,这样我们可以在开会之前见面。"

"我明早出发之前再打给你。你们出门时一定小心。"

"好,好,我会注意的。"阿德里安娜说。"你也要照顾好自己。"她请求。

"需要什么就告诉我。"

"你有埃内斯托的消息吗?"阿德里安娜问。

"没有。"拉柯洛说,她很快又补充道,"这几天他肯定会给你打电话的。"

"你和卡门联系过吗?"

"还没有。"拉柯洛说。

"听我说,如果出了什么事……你就打电话给丽娜,打我给你的那个拉普拉塔的号码。一旦有任何事,你就通知她。"她请求。

厨房里,台面上滴下来的水在冰箱附近积聚成一个小水洼。阿德里安娜又点了一支烟。她数着冰箱上的烟盒:一共五盒。她整理桌上的画,都是艾米莉亚和她刚画完的,在每一张的角落写上"艾米莉亚和阿德里安娜,布尔萨科,1976年冬"。她把这些画夹在本子里,画纸从本子上下两端露出来。她把彩色铅笔也收到纸盒里。她得把这些东西都带去丽娜家。桌布上还有卷笔刀,铅笔刨花,不同颜色的小块铅段,一个杯子。已经是午夜时分。明天她会把盘子洗完,再整理好余下的东西。现在她得集中精神,好好想想明天几点出门才不会冒险,然后做个决定。埃内斯托为什么不打电话来?她现在觉得,最好是把艾米莉亚放在贝芭家。她去参加会议,告诉大家她要搬家,然后回布尔萨科接艾米莉亚,再一起去拉普拉塔。为什么卡门也不打电话来?她一直都知道该做什么,怎么做是最好的。又一次,站在冰箱前,她开始数烟盒。这几天她应该暂时别抽烟了,等这该死的咳嗽好起来再说。如果她们明天一早就收拾行李去拉普拉塔,然后在丽娜家躲到和她一起去苏黎世呢?也许这是最好的选择,不去开会,不告诉任何人,连拉柯洛也不告诉。埃内斯托会对她发火的。是一早出门不被任何人看到比较好,还是下午人更多的时候出门,让自己和街上的人群混在一起比较好?阿德里安娜把那摞烟盒放在冰箱上。一盒,两盒,三盒,四盒,五盒,然后关上了厨房灯。

阿德里安娜在黑暗中脱掉衣服,迅速躺在床上。几分钟后,她起来打开了走廊天花板上的灯,又立刻躺下。房间的窗户朝着街道。阿德里安娜的呼吸声很急促,身体几乎要颤抖起来,眼睛看着走廊里亮着灯的地方,那个由天花板高处落下的微光形成的锥体。不,早晨她不去参加党会了。下午她就收拾行装,天黑之前,她和艾米莉亚就动身去拉普拉塔。如果埃内斯托打电话来找不到她,他肯定会给丽娜打电话。也许他会直接去拉普拉塔,那样的话三人就会在那里团聚。埃内斯托会生她的气,因为她没和同伴们一起参加会议;事情不是这样做的,他会这么对她说,她和艾米莉亚不能就这么一声不吭地消失。

阿德里安娜看了看表,已经凌晨3点多了。她感到时间一日日流逝的孤独。仅仅过了几分钟,她听到了门上的第一声撞击回荡在整栋房子里。艾米莉亚被噪音吵醒了,但她躺在床上一动不动。很快,撞击声也开始从百叶窗那里传过来。

艾米莉亚的房间在黑暗中,尽管有人打开了厨房灯,有几束光照到了她的屋里。她又听到了撞击声,听到了妈妈的声音,但却不懂她在说什么,好像她的妈妈不在厨房里,而是在离那儿很远的地方。她听到东西掉落在地上被打碎的声音。妈妈的尖叫。脚步声。一个尖厉的声音,有些刺耳,问:

"婊子养的,他在哪儿?"

阿德里安娜没有回答。

"他在哪儿?"声音刺耳的那个人问道,"说话啊,狗娘养的,他在哪儿?"

艾米莉亚识别不出那些声音,不知道是什么发出来的。拖厨房桌子的声音?椅子一次次撞在墙壁上的声音?

有人进了她的房间,走近她的床,他的呼吸声那么沉重,让她发起抖来。尽管后来脚步声渐渐远去,房间里只剩下她自己,艾米莉亚依然在颤抖。

一声枪响。两声。

然后,街上传来汽车刹车的声音,好几扇门被关上的响动,两下发动机突然发动的声音。顷刻间,发动机沙哑的声音就远去了。

寂静,打开的灯,寂静。在床上,艾米莉亚看见灯在她房间的地上画出阴影,感觉到嘴里有种苦味。她想起床,想去找她的妈妈。

像是有一阵寒意进入家中,一股冰冷的空气潜入了她的房间,摧毁了一切。

艾米莉亚尿床了。她感觉到床单上那一片温热的潮湿。她从床上坐起来,打开桌上的灯。家里一片死寂。她光着脚朝走廊的灯光走过去,觉得脚下很冷。她在走廊里停了一会儿,站在天花板上那道高而微弱的光形成的锥体里,身体的一部分仍在黑暗中。穿过一股股噬咬着脸颊的冷空气,她慢慢朝厨房走去。厨房里,饭厅里,所有灯都开着,而她的妈妈从来不会开这么多灯。这是第一个夜晚,家中所有灯都亮着,所有窗都开着。这令她有些眩晕,因为这样的光亮她从未见过,这和她们一直身处其中的昏暗截然不同。厨房的地面又湿又滑,非常脏。她走得很慢,小心翼翼,以防滑倒。她不知所措地在碎玻璃、碎陶片、刀刃、混乱的衣服、散落的叉子、翻倒的椅子、移位的家具中间移动着。桌上有几张散乱的照片，皱巴巴的，被撕破了。在灾难现场，艾米莉亚走过厨房，未经停留便走进了饭厅。那里，目光所及之处也是一片混乱。她觉得脚下的地砖越来越冷，她尝试着挪开一把椅子，好继续往前走。有一个非常微弱的声音，仿佛是从远处传来的，却持续不断。那是电话的声音，从没放好被丢在地上的听筒里传来。电话线被扯到了最长，那声音只是在灾难现场尚未中断的一丝响动。艾米莉亚发现妈妈的包在地上，旁边是装着彩色铅笔的盒子，盒子的纸板被扯开了，可以看到里面从中间折成两段的铅笔，还有她俩晚饭后一起画的画。地上还散落着艾米莉亚的照片，有几张已经残缺不全。赤裸的双脚骤然停下，她待在那里，好像被困住了。停在一块冰凉的瓷砖上，她叫着她的母亲。

低声地，就像妈妈一直以来要求的那样，艾米莉亚用张开的双手摸着自己柔软的头发，又叫了一声她的妈妈。

世界的暴烈呼吸

拉普拉塔

　　丽娜的左腿有点跛,虽然几乎没人察觉,但这让她的行动有些缓慢。她今年五十七岁,去年搬到瑞士之前,一直住在这栋刷成纯白色的房子里。她远赴苏黎世,是为了照顾一位生病的姨妈;姨妈不久后就去世了,而她继承了公寓和一个存款数量可观的瑞士法郎账户。有时丽娜会考虑卖掉苏黎世的公寓,然后回自己在阿根廷的家。从4月初开始,她一直没能联系上埃内斯托。埃内斯托留的三个电话——最后一次见面时他写在她的日程本上的——她挨个打了好几次,但都没有人接。4月的最后一个星期天,埃内斯托一个刚到瑞士一周的朋友去苏黎世的公寓看望她。他是下午2点前到的。埃内斯托和他在刚加入蒙多涅罗城市游击队时就认识了。丽娜煮了咖啡。埃内斯托的朋友告诉她,埃内斯托、阿德里安娜和艾米莉亚一切都好。而对游击队员来说,政变之后所有事都异常艰难,他想办法成功离开了阿根廷,尽管丽娜问起他是如何做到的时,他也没有解释,只告诉她自己住在日内瓦,离火车站很远,在一栋房子的地下室里。他只说到这儿,之后就说回了埃内斯托的话题。他让丽娜放心,因为他们一家三口都很好,埃内斯托没接她的电话,是因为电话线路被干扰了,最好不要暴露自己。丽娜摩挲着手背,她紧张的时候就会这样。埃内斯托的朋友告诉她,只要可能,她的儿子一定会打电话给她,并在离开前交给她一封埃内斯托寄来的信。丽娜在他的包里装了水果、面包、奶酪、几个核桃和一大板巧克力。她问他要日内瓦的电话号码,以便之后能打给他,但他保证说过些天就会再和她联系。她给了他一个装着几张瑞士法郎的信封,还送他到火车总站坐车。回家的路上,丽娜在利马特河①上的桥上站了一会儿。时值春日,街上人很多,有些在河边散步,另一些在桥上,靠着栏杆。丽娜在他们中间找了一个位置,手臂搭在栏杆上,让沉重的身体稍事休息。看起来,她和旁人一样在欣赏河景,但实际上她根本无心看河。如果埃内斯托的朋友说的不是实情呢?为什么她不能给他打电话?阿德里安娜会不会出了什么事?艾米莉亚呢?她们母女俩在哪儿?如果他们一家需要自己呢?她在远离这一切的苏黎世做什么?那晚她做了烤沙丁鱼和白土豆当晚饭,还喝了半杯葡萄酒。一吃过饭,她就开始收拾行李了。

5月初,丽娜回到阿根廷,像往常一样住在拉普拉塔家中。她打算把埃内斯托一家三口都带到瑞士,和她一起生活。也许他们得分开旅行。她可以带艾米莉亚先走,她有个熟人,能在办离境手续时行一些方便。

丽娜回来后,阿德里安娜和艾米莉亚已经来看过她好几次了。每次坐火车去拉普拉塔丽娜奶奶家时,艾米莉亚总是坐在窗边;她那么喜欢感觉吹拂在脸上的风,并不在乎那风也会让她口干舌燥,或是吹乱她的头发。她不喜欢火车在有些站连停都不停。透过车窗,艾米莉亚看见车站的乘客,向他们打招呼;在火车上,当车全速前进时,她觉得没人注意她,连看也看不见她。阿德里安娜从来不会提前告诉丽娜她们什么时候去看她。尽管丽娜想知道她们住在哪里,她也没有透露地址。为了所有人的安全,她是这样和丽娜说

---

① 利马特河,瑞士境内河流,发源于苏黎世湖北端,流经苏黎世市中心。

的。上个星期天,阿德里安娜拜托她照看艾米莉亚。她是下午把孩子带来的,说第二天会来接她。临走时,丽娜再次建议她们跟她去瑞士。阿德里安娜第一次接受了这个提议,她也认为最好的方法是孩子跟丽娜先走,就她们祖孙俩,她随后就去。第二天,阿德里安娜没有像之前说的那样来接艾米莉亚,也没有打电话通知丽娜。三天后她才回来。丽娜等她的时候,心脏快要从嗓子里跳出来了。阿德里安娜到的时候已经是晚上,但她不想留在拉普拉塔过夜。她收拾好艾米莉亚的衣服,还有丽娜给她买的铅笔和本子。离开之前,她跟丽娜说过几天会给她打电话,还有千真万确,得尽早让艾米莉亚离开这个国家。就这么决定了,丽娜先带孩子去瑞士。过几天,只要可能,她也会离开阿根廷,然后三人在苏黎世重逢。

"那埃内斯托呢?"丽娜问。

阿德里安娜已经好几天没有埃内斯托的任何消息了,但她没有说。

"埃内斯托也去。"她说。

丽娜向阿德里安娜保证,自己不出门,在家等她的电话。她们在小径上告别。丽娜给了艾米莉亚两块瑞士巧克力,目送母女俩逐渐远去。等她们消失在人群中,她回到屋里,锁上了门。五分钟后门铃响了。

"怎么了?"丽娜问。

阿德里安娜不想进门。

艾米莉亚一手拿着一块巧克力。

"丽娜,"她低声说,"我怀孕了。"

"我的上帝!"丽娜说,抱住了阿德里安娜。

"预产期是12月23号。"阿德里安娜说。

几天来,丽娜一直在家等着阿德里安娜和艾米莉亚来,觉得度日如年。她们得尽快办护照,买机票。埃内斯托还没打电话来。除非真的必要,丽娜不打电话,也不出门。她打算明天一早去药房买这个月的药,再量一下血压。两天前,她的一只眼睛上长了个针眼。为了在等待时转移注意力,她开始收拾衣柜,织补几件套头毛衣,漂白几块厨房用的方巾,但仍然无法停止思考。

在街区的药房里,丽娜买了心血管药。药剂师给她量了血压,告诉她高压是17①。丽娜又买了一盒阿司匹林和一包医用棉。刚朝家的方向走了几步,她被人蹭了一下,那人做出差点被绊倒的样子。由于这个假装的磕绊,两人离得非常近。

"昨天夜里他们把阿德里安娜带走了。"那个年轻男孩说,尽可能地靠近丽娜,"您继续往前走。"

年轻人在离丽娜很近的地方,以和她相同的节奏走着,有点慢,用丽娜的节奏。

"昨天夜里阿德里安娜被带走了。"他重复道,但没有看她,仿佛在跟另一个人说话。"他们把孩子留下了。"他补充说。

丽娜想问他各种各样的问题。什么人把她带走了?从哪儿把她带走的?要把她带到哪儿去?这是几点的事?她现在在哪儿?埃内斯托呢?他和阿德里安娜、艾米莉亚在一起吗?艾米莉亚在哪儿?和谁在一起?为什么他们没有给我打电话?我要去哪儿找她?当丽娜转过身时,那个年轻人已经不在了。

丽娜走进家门。现在是下午4点,她刚刚去见了一位律师,咨询如何提交申请人身保护令的材料。她正在开前门时,听到电话铃在厨房里响了起来。尽管她加快了动作,还是没能接到电话。她的胸口剧烈起伏,靠在了墙上,在放电话机的托架旁。厨房桌上

---

① 在阿根廷,血压正常值为12,17为极高风险值。

是药店的袋子,早上被放在那儿之后就再没动过。丽娜知道他们会再打过来,待在电话旁边一动不动。尽管如此,五分钟后,铃声还是把她吓了一跳。

"昨天夜里他们把阿德里安娜从布尔萨科的家里带走了。"一个女人的声音说。

丽娜认不出这个声音,说话的人听起来非常年轻。她一声不吭,她想问太多问题了,但却说不出话来。

"他们把孩子留下了,她应该还在附近。"

"什么布尔萨科的家?"丽娜问,"她们住在布尔萨科?把地址给我。"

挂电话之前,女孩说阿德里安娜曾经拜托过她,如果出了什么事就通知丽娜,所以她才打电话来。

"埃内斯托呢?"丽娜问。

"您得去找孩子。"

女孩的语速越来越快。

"给我地址。我去哪儿找她?他们从哪儿把她带走的?我该去哪儿?给我一个地址。"

"法德尔街974号,离火车站两夸德拉。"

电话被挂断了,丽娜迅速地写着,以免忘记街名和房子的号码。她的心快要跳出来了,她觉得身体空荡荡的,嘴很干。她坐在厨房的桌子旁边,桌上堆着这星期所有的报纸,还有装着药品的药房包裹。丽娜把脸埋在手里。日报头版有两条新闻很引人注目。第一条说,昨天,隆冬之际,上千布宜诺斯艾利斯人拥入巴勒莫森林[1]中,让这个周日像是春天到来的预兆;第二条,皮拉尔[2]发现了三十具尸体。

---

[1] 巴勒莫森林,布宜诺斯艾利斯市东北部巴勒莫区的城市公园。
[2] 皮拉尔,布宜诺斯艾利斯省北部的城市。

丽娜不知道自己在那里坐了多久,直到门铃响起。她从窗户探头向外看,看到一个四十岁上下的男人正把一个信封放进信箱里。丽娜快步走出去,但男人已经不在了。她撕开信封,开始读上面的字:"他们把阿德里安娜带走了……"她没有读下去,折起纸,走进家门。"他们把阿德里安娜带走了,把孩子留在了布尔萨科法德尔街974号的家里。得赶紧去找她,她应该还在附近。"

隆　尚[①]

艾米莉亚独自一人在隆尚儿童院的园子里。快到中午了。她一早就和洛马斯德萨莫拉法院桑兹法官签署的转送文件一起来到了这里。艾米莉亚梳着两条辫子，系着阿德里安娜上星期给她买的绿白格发带，穿着有踝带和搭扣的绿皮鞋、白衬衫和灯芯绒裤子。此刻她正站在朝街道的大门和儿童院的主楼之间。儿童院为一个由信徒和神职人员组成的基金会领导。长廊的一面墙上挂着镶有基金会成员照片的画框。园子里有一架废弃的小飞机，这个装饰性物品是管理委员会的一位成员捐赠给儿童院的孩子们玩的。尽管机身上有些铁皮已经生锈，另一些松动得很严重，孩子们还是喜欢爬到上面去。晴朗的日子里，他们玩飞机起飞，一玩就是几个小时。今天是多云天气，阴沉沉的。在空气的黑暗中和吹过的微风里，藏着雨水将在几小时后到来的威胁。这威胁还藏在只是偶尔被鸟儿翅膀划破的寂静中。鸟不见踪影，但能听见它们振翅的声音。艾米莉亚不怕鸟，也不怕它们扇动翅膀时发出的声响。今天是她在儿童院的第一天，由于还不熟悉这里的空间和小径，从洗手间出来时她弄错了方向，不知该怎么回去。她孤零零地站在园子里，走丢了，不认识路。她抱着艾米，好像双腿被钉在了地面

[①] 隆尚，阿根廷城市，属于布宜诺斯艾利斯省，距离首都约30公里。

上。她看看这边,又望向那边,看不到一个人。站在那儿,她观察着园子,土地的边界,一楼的回廊,通往外部的阶梯,还有树木。每隔一会儿,能听见鸟儿扇动翅膀的声音在靠近,停在附近盘旋,又再次远去。这个地方无边无际。在她后面很近的地方,有一棵结满果实的橙树。在她背后,一颗橙子从高处忽然掉落在地上的声音打破了寂静。这个声音吓到了没看见橙子掉下来的艾米莉亚。惊吓让她打了个轻微的哆嗦,同时晃了一下艾米。艾米莉亚转过头,看看地面,又看看天空,想弄明白发生了什么,声音从哪里来。她发现了树冠下掉落的橙子,立即又在附近看到了另外一颗。她吓坏了,开始朝主楼走去,拿在手里的艾米被拖在地上。在路上,刚长出来一点的草扎着艾米莉亚的腿,她被绊了好几次,其中一次松开了艾米,娃娃掉在那儿,背对着地面,因此看不到它身上刺绣的名字。艾米莉亚又走了几步,直到发现她的娃娃不在了,又折返回去找它。

　　她在儿童院一楼的回廊里走着,一只手拖着艾米。她听见另一条街上教堂的钟声。她离朝街的大门越来越远,离主楼的大门越来越近。鸟儿拍动翅膀的声音再次传来,越来越近。艾米莉亚在空中寻找着鸟的踪迹,她发现了它,用目光追随着它从一边飞到另一边。之后,她又走回回廊,听见一阵有些熟悉的声音交织在一起。这声音将她送回了属于家庭的亲密氛围中。他们在哪儿?从哪里来?艾米莉亚朝着主楼走过去,艾米掉在了回廊的地上。

　　最后一声钟声响起时,她走进大门,在通往房间的走廊上停下。那阵声音是从那里传来的吗?她艰难地打开第一扇门。房间空空如也,但在房间里,那阵低语声似乎更清晰了。

　　她离开房间,房门虚掩着。在走廊里,她又听到了混杂在一起的谈话声。她同样艰难地打开旁边那扇门。这个房间也是空的。她看了房间的每一个角落,每一个角度。她碰碰地面,又用手掌摸了摸,想验证声音是不是从地下来的。

她抬起头看着天花板,仿佛声音是从那里落下来的。她摸摸墙壁,将脸颊的一侧贴在其中一面墙上,然后把耳朵也贴上去,又敲敲窗框。那声音熄灭了,艾米莉亚离开了房间。在走廊里,同一阵难以分辨的模糊声音又出现了,但现在听起来越来越远,最后再也听不见了。

艾米莉亚在走廊里无法动弹。那两扇被打开的门慢慢从里面关上了,发出沉闷的声响。然后,她听到另一个不同的声音,好像有谁在锁门,然后脚步声又远去了。她独自一人站在走廊中央,觉得这里无边无际,更加黑暗,如此沉默。

费尔米娜在回廊里边走边吹口哨。她是儿童院院长,一个忠实的天主教徒,总是穿一条深色裙子,冬天会穿皮靴子,因为她有血液循环的问题。她今年五十五岁,尽管很胖,却有着与超重身体不相称的灵活。看到艾米被扔在地上,她把娃娃拾起来,发现艾米莉亚在里边的走廊里。

"怎么了?"看到艾米莉亚时,费尔米娜问她,"你一个人在这儿吗?"

今天早上,当两个警察开着一辆巡逻车把艾米莉亚和玛尔塔·桑兹的一道法院指令一起带来时,是费尔米娜迎接了她。两个警察坐在前面,艾米莉亚孤零零地坐在后座。他们到儿童院时,一个警察向费尔米娜问好,并交给她一张便条。艾米莉亚在警察和费尔米娜之间一动不动,不知道自己在哪儿,既不知道费尔米娜是谁,也不知道为什么会和警察一起来到了这里,她唯一想知道的是妈妈或爸爸什么时候会来找她,如果没人通知他们她在这里,他们怎么才能找到她。费尔米娜不是一个对儿童院的孩子们特别热情的女人。她没办法拥抱他们,也不会摸他们的头,但她爱他们,关心他们吃得好不好,希望他们不要生病。但几个小时前艾米莉亚刚到这里时,费尔米娜怜爱地摸了摸她的头:小姑娘干干净净,被精心照顾过,无论是外表还是衣着,都和目前儿童院的其他孩子截然不同。

"过来,别怕,你迷路了。"

于是艾米莉亚从走廊走到了门口,来到回廊里。费尔米娜向她伸出手,两人一起朝着一扇通向主楼的侧门走过去。费尔米娜另一只手拿着娃娃艾米,捏起嗓子,用开玩笑的口吻说:

"小朋友不能从那边进来,那是大门,小朋友们都要从后门进来,明白了吗?"

艾米莉亚点点头。

"我喜欢你的鞋子。"费尔米娜对她说。

"是新的,"艾米莉亚说,"庆祝活动时穿的。"

"所以它们才这么漂亮。"费尔米娜答道,"你参加庆祝活动了吗?是谁给你买的?"

"是我的丽娜奶奶送给我的。"

两人正说着话,刚才飞过园子上空的那只鸟从她们面前穿过,振翅高飞。艾米莉亚放慢了脚步,目光追随着正逐渐远去的鸟儿。费尔米娜一手牵着她,一边轻轻推了推她,好让小姑娘不要因为鸟而停在那里不动,让她别再磨蹭。费尔米娜轻轻地拽着她,施加着一个轻微的压力,为了让艾米莉亚不再逗留,继续往前走。

围坐了十一个孩子的那张桌子很高,有些比较矮的孩子的腿因此悬在空中。年纪最小的孩子不得不跪在椅子上。儿童院的食堂不是很大,只有一扇很小的窗,以至于室内的光线总是很昏暗。他们已经快吃完饭了,午饭是一盘放了一点油的面条,外加每人两块面包。食堂里有一台开着的电视,机器固定在墙上,用一根金属栏杆支撑着,放在与门框最高处齐平的地方。所有孩子们都一边吃饭一边把头抬得高高的,在看《草原上的小木屋》①。

"如果我有一本关于记忆的书,"剧里英格尔斯家的小女孩说,"我会把我们离开林中小屋去西部时发生的一切都写下来。那时我很怕我们会挨饿。妈妈说我们可能再也见不到外婆了,还有外公。我很难过。"

费尔米娜端来一锅糖水苹果分给孩子们,午饭的盘子还没有收,仍放在桌子上。

"来,"她催促道,"把杯子放好。"

所有孩子,除了艾米莉亚,都迅速喝光了剩下的水。费尔米娜给每个杯子盛上煮苹果块。艾米莉亚杯里的水还没喝完,但费尔米娜也给她盛了糖水苹果。苹果块浮了起来。阿莉西亚进来时,费尔米娜已经快分完苹果了。阿莉西亚今年三十二岁,负责一部分行政事务。她每星期来三次,主要负责检查买来的物品、小收纳处的账单,以及付钱给债权人。阿莉西亚进来的时候手上拿着一大包酸味糖,还带着一个文件夹和票据簿。她对儿童院有种特殊的感情,她的父亲是几位信徒创始人之一,尽管他的照片并没有挂在回廊里。她很关心孩子们,对所有人都很亲切,和她父亲在世时一模一样。

"向阿莉西亚问好,"费尔米娜说,"要不然就没有甜点了。"

所有孩子,除了艾米莉亚,都一边问好一边举起了杯子。阿莉西亚观察着艾米莉亚,这孩子无论是衣着、头发的光泽,还是整个人的气质,都引起了她的注意。艾米莉亚用害羞的眼神看着她。

"这个小姑娘是……?"阿莉西亚问。

---

① 《草原上的小木屋》,根据美国女作家劳拉·英格尔斯·怀尔德的同名小说改编的电视剧。

"今天刚来的。"

阿莉西亚把那糖举起来,是个很大的袋子。她用假声说:"孩子们表现好吗,费尔米娜?"阿莉西亚提高声音说:"饭都吃光了吗?"

除了艾米莉亚,所有孩子看到糖果时都大叫起来,回答说是的,他们表现得很好。

"拜托,"他们恳求着张开手,"拜托……"

费尔米娜一开始装出犹豫不定的样子。

"哦……"她一个个孩子看过去,终于说,"对,对,相当不错。虽然不是所有人,但几乎所有人都表现得不错。"

于是孩子们又一次说是的,他们表现得很好。

费尔米娜向阿莉西亚做了个手势,示意她把袋子递过来。

"我来分,这样能吃得久一点。"

阿莉西亚把袋子抛给她,好像在扔一个球。

"我说,孩子们,"费尔米娜说,"谁想要一颗糖,伸出手来。"

所有孩子,除了艾米莉亚,都伸出手来,手心朝上,好像在祈求施舍。费尔米娜分好糖,在离艾米莉亚很近的桌上又留下一颗。

"好了,"费尔米娜说,"现在出去玩吧,趁着还没开始下雨。"

孩子们冲向了园子,艾米莉亚跟在他们后面,但是并没有像其他人那样跑。她是走着去的,一手拖着艾米——娃娃越来越破,越来越脏了。

艾米莉亚把脚伸进一个浑浊的小水洼里,水溅到了裤子上。她想往前走时,就带着那块软泥滑行,倒也没有失去平衡,如此往复。羊皮鞋的绿色被一层泥盖住了。艾米莉亚弯下腰,用手抹了抹鞋面,然后又擦擦灯芯绒裤子,想把溅在上面的脏水弄干净。艾米也被溅上了水。费尔米娜和阿莉西亚走在后面,在回廊里停下了脚步,一边看着孩子们在园子里玩一边聊天。有些孩子直接跑向了小飞机,其中两三个急着进到机身里,其他人则爬上了机翼。这是艾米莉亚第一次和这么多孩子在一起。另一群孩子在园子里到处跑,玩曼恰①。尽管没有参加游戏,艾米莉亚仍然跟在这群孩子后面。

"大暴雨就要来了。"费尔米娜说,"谁知道会下到什么时候呢。"

阿莉西亚看着飞机上的孩子们。

"他们爬到那上面不危险吗?"她问,"我是说,飞机生锈了。"

费尔米娜耸耸肩,不以为然。

"这儿没什么好玩的东西,孩子们喜欢那架飞机。"费尔米娜回答,"有时他们能在那上面飞整整一下午。"

"我希望每天都可以过来。"阿莉西亚说。

费尔米娜没有回答。

"新来的女孩叫什么名字?"阿莉西亚问。

"艾米莉亚。"

"姓什么?"

"姓……"她说,假装在努力回忆,"唉,别再问我你的那些问题了,阿莉西亚。"

费尔米娜朝满园子跑的孩子们叫道:

"慢点,慢点,你们这样会摔死的,小心!"

"谁把这女孩转到这里来的?"阿莉西亚不屈不挠。

"桑兹法官。"费尔米娜答道,已经有些不快,"句号。给这些问题和这个话题画个句号。"

---

① 曼恰,流行于阿根廷、乌拉圭的儿童游戏,游戏的一个参与者跑在最后面,用手去碰前面的人,每碰到一个人时需要大喊"曼恰"。

费尔米娜不喜欢孩子们乱跑。

"再慢点,"费尔米娜命令,"最后你们总是受伤。"

阿莉西亚观察着艾米莉亚。

"她看起来不像个被抛弃的孩子,对吧?"

玩曼恰的一个男孩跑过艾米莉亚附近,不小心推了她一下。艾米莉亚摔倒在草地上,倒下时松开了艾米。另一个男孩一看见她倒在地上就跑了过来,碰了她一下,然后在她耳边大叫一声:"曼恰!"

一瞬间,所有人全都跑开了。

午后点心的时间到了,孩子们都在食堂里,坐在桌旁。他们抬着头,对着打开的电视机,在看一档自由搏击节目。费尔米娜给他们在和中午一样的杯子里倒上马黛茶。艾米莉亚离开人群,跑到了走廊里:刚走了几步,黑暗就把她吞没了。

阿莉西亚在食堂旁边的房间里。这里很小,平常被费尔米娜用作院长办公室。桌上有纸张和账单,阿莉西亚正核对着一个本子上的内容。标签上有"出入院记录"的字样。本子的每一页都被分成了五栏:"姓名""入院日期""来源""负责法官""离院日期"等。阿莉西亚正读着,感觉到有人在附近。她抬起头,看到艾米莉亚站在门槛处。阿莉西亚手里拿着那个打开的本子,看着艾米莉亚微笑。艾米莉亚也想朝阿莉西亚微笑,但却没能笑出来。

当脱落了好几页、书脊也破了的《圣经》出现在食堂地上时,费尔米娜开始祷告。这是上个星期的事。费尔米娜相信圣母在向她传递什么信息,并让事情发生在离她尽可能近的地方,这样她才能捕捉到它。几天前,一起床就在地上看见那本破了的《圣经》时,她打了个寒战。她很少像爱惜这本《圣经》那样爱惜其他东西。她不愿去想这件事的意义,把散落的书页收了起来。三天前,她鼓起勇气要把这几页粘好。她坐在食堂靠窗的一张小桌旁,一边催促孩子们赶快喝完马黛茶,不然茶一会儿就要凉了,一边参照页码排列着书页。她的手指很粗,做起来有些困难。她用一段透明胶带把它们粘起来。阿莉西亚从院长办公室走出来,看到费尔米娜在粘书页。

"《圣经》怎么了?"阿莉西亚问。

"一个灾难。"费尔米娜说,忍不住长叹了一口气,"掉在地上,全破了,好几页掉了下来……你看看这像什么话……"

"是有人故意做的还是个意外?"

"最好别深究。"费尔米娜说,"我已经花了三天时间想努力补好它,但这纸对我的手指来说太薄了。"

阿莉西亚在散落的书页中拿起一张,读到其中一节:"耶和华见人在地上罪恶很大,终日所思想的尽都是恶。耶和华就后悔造人在地上,心中忧伤。"

最初的雨水大滴大滴地落在儿童院的铁皮屋顶上。阿莉西亚跟费尔米娜和孩子们告别,穿过外面的回廊;她得越过水洼才能走到停车的空地。在路上,她看到草地上有个小影子;尽管看不太清楚,她很快就想起了艾米莉亚的娃娃,因为她还记得下午小女孩摔倒在园子里的那一刻。她走过去,把它捡了起来。艾米浑身沾满了泥,拿起它的时候阿莉西亚弄脏了手。她又回到了儿童院,手抓着娃娃的背,她走得很快,娃娃长长的手脚荡来荡去。阿莉西亚直接去了宿舍,把娃娃放在艾米莉亚的床上。

所有的孩子都在睡觉,除了艾米莉亚。她打了个哈欠,抱着艾米在床上翻来覆去,问自己,爸爸和妈妈什么时候会来接她,谁又会通知他们她在这个地方。她又打了个哈欠,就在快要睡着的时候,看到冰冷地砖上那双赤裸的脚。一片突然到来的黑暗吞噬了一切。现在她已经看不见脚了,黑色将它们掩盖了起来,但她知道它们就在那里,在她曾经停留的那片混沌中,她再一次呼唤她的母亲。于是,在回忆中,她听见了自己声音的那个记忆在叫着妈妈。

布尔萨科

丽娜到火车站时,早晨8点刚过几分。昨天一整夜,她都在给医院和警察局打电话。凌晨5点,她洗了澡,在钱包里装了点钱,把地址记在本子上。6点钟,她乘出租到汽车站,搭上了克里奥尔海岸①的开往布尔萨科的巴士。

在布尔萨科车站,她买了一份报纸,走进平行酒吧,在靠窗的桌前坐下,点了牛奶咖啡和两片烤面包。离开之前,她问酒保知不知道法德尔街在哪儿,还给他看了写着贝芭名字和地址的记事本,那是他们在电话里留给她的。

哑巴知道那栋房子的故事,就在事情发生的那星期,他听见一位客人跟另一位客人讲起这事。

"我离那儿远吗?"丽娜一边摩挲着手一边问。

他们朝酒吧门口走去,哑巴陪她走到路口,告诉她怎么走,然后站在原地,目送着腿脚不方便的丽娜慢慢走远。

街上的商店还关着门。丽娜用力拍打着法德尔街974号的门,但无人应答。她用力敲着门。她注意到房子墙壁斑驳,可门却是崭新的。她又用力敲着朝向街道的百叶窗,也敲了旁边那家人的门。开门的女人没给她时间拿出阿德里安娜和艾米莉亚的照

---

① 克里奥尔海岸,阿根廷一家长途汽车公司。

片。女人说不,她什么都不知道,然后关上了门。丽娜挨家挨户去问。有些人给她开了门,另一些没有。只有少数几个人看了丽娜递给他们的照片,没有一个人认识那个带着一个小女孩住在旁边的姑娘。丽娜说这姑娘是她的儿媳,不屈不挠地向人们描述细节:她二十四岁,但看起来年龄更小,大眼睛,弯弯的眉毛。没人知道有个叫艾米莉亚的小女孩住在那栋房子里吗?从来没有人看到过一个五岁将近六岁的漂亮小女孩在房前的花园里玩?但是这怎么可能,怎么可能从来没有人看到过她?她的妈妈几乎总是给她扎辫子,因为她的头发很多,她非常聪明,非常快乐。这个地址是对的吗?还是说我记错了街道名,或者门牌号码?

"这里是布尔萨科,对吗?"丽娜问一位经过对面人行道的神父。

神父微笑着说是的,布尔萨科,还问丽娜是不是迷路了。

"没有,没有,那就好。"她说,"谢谢。神父,您住在这个街区吗?我在找我的儿媳和我的孙女,她们之前住在这栋房子里。"

"啊,不是,我不是这里人,对不起。"神父说罢,继续赶路。

丽娜跑遍了整个街区,去店铺里和店主、雇员们说话。他们什么都没看到,什么都不知道。住在这个夸德拉的小女孩?真怪啊。她会不会住在另一边?您确定没记错门牌号码?

回拉普拉塔之前,丽娜去布尔萨科警察局报警。警察局在主街上,离法德尔街 974 号有大约十夸德拉,但出于安全原因,这条近路被封了起来,现在谁也不能从警察局门前经过。无论是车辆还是行人都必须绕路。在门口接待丽娜的下士态度很差:干什么?没看见告示吗?他问她。您不能待在这里。他们也不能给她做笔录,因为负责人正在出任务。您必须离开,女士,请往那边走,您不能待在这里,这里禁止停留。

拉普拉塔

已经过去两天了,艾米莉亚还是没有出现。丽娜眼圈发青,持续感到口干舌燥。下午2点,她仍然在努力与洛马斯德萨莫拉法院取得联系,她要报案,还要向负责未成年人案件的法官玛尔塔·桑兹咨询。和她一起的还有另外两个妇人,她们也是拉普拉塔人,孩子和孙辈也在近几个月失踪了:吉卡,六十二岁;艾尔米妮亚,五十五岁。吉卡在找她的女儿和外孙,3月底被带走时孩子只有六个月大。吉卡最近一次听到母子俩的消息,是他们某天早晨去了弗洛伦西奥巴雷拉医院,因为孩子起床时手臂和腿上起了疹子。那之后他们就音讯全无。那天早上女儿打电话给她,跟她说要带孩子去看急诊,因为他哭了一整夜;女儿还让她放心,说等儿科医生给孩子看完病,就用医院的公用电话打给她。这是吉卡和女儿的最后一次对话,当时她依稀听到孩子在哭,让疹子给害的。艾尔米妮亚的女儿也是3月被绑架的,当时她已经有八个月的身孕。据艾尔米妮亚所知,那天女儿去系里参加期末考,大约在晚上9点离开学校,和一个同学一起走到小巴车站。同学与她告别后,继续朝家的方向走去。那之后再也没有人见过她,也没有她的消息。由于无人目击她被军人带走,家里人认为,她也有可能正躲在某个地方。艾尔米妮亚想相信第二个版本,但又难以相信。她的外孙该满三个月了。艾尔米妮亚知道,如果一切都好,女儿早就已经想办法联系她了。儿孙被绑架的愤怒将丽娜、艾尔米妮亚和吉卡团结到了一起。她们伫在厨房里,面对着一个钉在墙上的双层隔板壁架。靠上的那块隔板上放着一台灰色电话机。靠下的隔板通常用来放电话黄页簿,现在正空着。黄页簿摊开放在桌上。煤气灶上有一口盛着沸水的锅。锅盖盖了一半,沸水的热气释放出的蒸汽模糊了玻璃,令空气变得潮湿。放电话的隔板上方的墙上,用透明胶贴着一张纸,纸上是几个印刷体的大字:"桑兹法官2021327"。三个女人迈着短促而紧张的步子,在放电话的隔板周围走来走去。丽娜重复着她不自觉的小动作:摩挲着一只手的手背,然后是另外一只。吉卡走到锅旁边,试图揭开锅时被烫了一下。她下意识地扔掉了锅盖,掉下的锅盖几乎把锅口遮了个严实,只留下一个缝隙,上升的热气继续从那里冒出来。

"我打过去吗?"丽娜犹豫着。"几点了?"她问,"我打吗?"

"打吧。"吉卡回答,"时间到了,我们打吧。"

丽娜拨好墙上贴着的号码。写着桑兹法官号码的纸掉落在地上。吉卡赶忙把纸捡起来,又贴在同一个地方。

"早上好,请帮我接玛尔塔·桑兹法官。"丽娜说。

"您打错了。"

"没有。"丽娜很困惑,"怎么会打错了?"

有一次,贴在电话上方的那张纸从墙上滑落到地上。吉卡把它捡起来。艾尔米妮亚重新换了透明胶带,把它牢牢地贴在墙上。丽娜打电话的时候,艾尔米妮亚和吉卡就在离她很近的地方。

"是的,女士,您打错了。"另一边,一个急促的声音回答她。

"请您不要挂,请等一下。"丽娜请求道,"这里是法院吗?"

"不是,女士。"那个声音回答她,"请您别再浪费时间了。"

"她把我的电话挂了!"丽娜很惊讶,"她挂了我的电话!"

"怎么回事?"吉卡问。

"她跟你说你打错了?"艾尔米妮亚问。

"我是不是拨错号码了?"

"再拨一次。"吉卡说,"我给你念。"

电话声在法院响起来,但是秘书过了很久才接。丽娜要求与桑兹法官通话,解释说她连续几天都在给法官打电话,有一件非常重要的事情,但秘书拒绝为她转接电话。

"我明天继续打。"丽娜说。

"随便您。"

"等一下,请等一下。"

隆　尚

在儿童院醒来的第一个清晨,艾米莉亚去找昨夜放在床尾的衣服:裤子、粉色羊绒大衣和荷叶绲边领的白衬衫。她没有找到,便穿上了放在那里的衣服:一件蓝色大衣,一条灰色软毛裤子和一双黑色系带皮鞋。裤子她穿着有点大,大衣袖子也要往上卷才不会盖住手腕。

在儿童院,持续供暖很困难:这里只有一个煤油炉,放在食堂里,而且只有白天才能开,夜间必须关掉,因为燃料不够用。特别是早晨,每个房间都非常冷。孩子们的早饭是马黛茶和面包。费尔米娜注意到艾米莉亚的鞋带是系好的,当艾米莉亚说这是她自己系的时,费尔米娜并不相信她。

"谁教你的?"她问。

"妈咪。"艾米莉亚回答。

"来,系给我看看。"费尔米娜要求道,向孩子们中的一个做了个手势,让他解开艾米莉亚的鞋带。

艾米莉亚坐在地上,把鞋带拿在指间,先打了一个结,然后用每条鞋带各绑了一个蝴蝶结。费尔米娜目瞪口呆。

"你们要向她学习。"她对其他孩子说。

在厨房工作的姑娘拿起桌上的杯子。她沉默寡言,今年十七岁,从三岁起就住在儿童院了。一个邻居在附近的路上散步时发现了她,当天就把她带到了儿童院,她便在这里一直住到了今天。她把杯子收到盆里的时候,费尔米娜正将椅子摆成一圈,让所有人像每天早上一样一起祷告。今天,费尔米娜让椅子紧贴着煤气炉。这星期的气温可能会打破历史最低值。像往常一样,有的孩子在帮费尔米娜把椅子摆成圆圈。艾米莉亚的头发乱糟糟的,她把张开的手当作梳子插进头发,试图将头发梳整齐。在椅子围成的圆圈中心,费尔米娜放了一尊圣子耶稣雕塑,又点了一支蜡烛,好像那是祭坛一样。

"你会祷告吗?"费尔米娜问小姑娘。

她什么也没说,但摇了摇头表示不会。

"那你知道这是什么吗?"费尔米娜继续问,拿出一串玫瑰念珠给她看。

小姑娘再次摇了摇头。

费尔米娜坐下来,让她坐在自己旁边的椅子上,然后画了个十字。所有人,除了艾米莉亚,都做了画十字的动作。所有人,除了艾米莉亚,都看着耶稣的形象,齐声说:"我主耶稣,我们将心灵放在您手中,让我们的身体成为您宣扬和平与爱的工具。"

艾米莉亚一声不吭地观察着。在用玫瑰念珠祷告之前,所有人都闭上了眼睛。这是费尔米娜教他们的,闭上眼睛祈祷,这样就不会因为其他人而分神。趁着没人能看到她,艾米莉亚离开了这个圆圈,朝着有大玻璃窗的回廊走去。

那几扇大玻璃窗朝向园子。费尔米娜和孩子们祷告的声音一直传到这里。艾米莉亚走近其中一扇窗,把脸贴在玻璃上观察。她看见有些遥远的低垂的雾。离窗户不远处,一只鸟落下来,把喙钉在地上,插进土里,抽出一条蚯蚓,压在两块颌骨中间。蚯蚓两端悬空,身体扭动着。祷告的低语声继续从食堂传来。艾米莉亚稍稍离玻璃远了一点。她朝窗户呵了口气,在模糊的玻璃上画了一只叼着蚯蚓的鸟。

　　费尔米娜和孩子们祷告完毕,睁开眼睛,在胸前画十字。他们看到艾米莉亚的椅子空了。费尔米娜做了一个难以置信、同时大为光火的手势,因为她又要出去找这个小女孩了。

　　"她永远都在消失。"费尔米娜抱怨道。

　　出门去找艾米莉亚之前,她警告其他孩子:"你们在这里别动。"

　　在回廊里,艾米莉亚没有看到走过来的费尔米娜,也没有听到她的脚步声。她停在自己刚画的画前,观察着那只嘴里衔着蚯蚓的鸟。

　　"你在这儿干什么呢?"费尔米娜训斥道,"你刚才为什么走了?"

洛马斯德萨莫拉

索拉将军从拉普拉塔来。索拉今年五十岁,他二十岁那年参军,一年前被任命为布宜诺斯艾利斯警察局局长。来的只有两个人,他和司机。两人都坐在前面。早上8点多,气温只有零下一度。清晨下的一场霜覆盖了房顶,冻住了花园。太阳还没出来。周围雾气很重,因此一路上几乎什么都看不见。来往的车辆开着灯,行驶缓慢。在车里可以看到低处的雾正从不远处包围过来。索拉打开收音机。他用大手包住旋钮,调节调谐度盘,开大音量。记者说今年冬天没有给阿根廷人任何休战期,然后向一位气象专家问好。专家说这种情况不是第一次发生。他记得几年前的圣诞节也是在一股寒潮中度过的,时值盛夏,所有人却都穿着冬衣。他解释着低温出现的原因。当经济部部长的采访开始时,索拉调大了音量。

"您想向现在正在听广播的民众传递什么信息?"记者问。

"我想告诉听众,"部长回答,"请记住我们是为政府服务的。我们不是住在洞穴深处的吃人魔王,为了让人们受苦而存在;我们也是人类,像诸位所有人一样。现在我们被武装部队召集在一起,军队之所以出动,是为了战胜阿根廷政治、经济、社会史上一场极其严重的危机。我们希望国家以和谐、平衡的方式成长,希望社会各个领域都有公正。"

快到弗洛伦西奥巴雷拉医院附近时,方向指示灯闪烁的光射穿了旅途。司机继续减速,随着离医院越来越近,可以看到好几个布宜诺斯艾利斯警察,其中有人手里摇晃着提灯,好让过往的车辆透过浓雾注意到他们。警察们挥舞着手臂,打着手势;他们拦下所有的车,命令乘客下车;他们要求乘客出示证件,用武器搜身,检查行李。司机把车开到附近,摇下车窗。一个警察走过来,站了个军姿,示意准许通过。

"早上好,将军。"

"出什么事了,警官?"司机问。

"我们正在执行任务。"

在那里,除了雾什么都看不到。只能听到一些噪音和压低了的喊叫,但什么也看不到。司机发动车子,继续向洛马斯德萨莫拉行驶。广播里,关于天气的评论仍在继续。"看上去,"记者说,"寒冬让我们的国家饱受折磨。对我们来说,这会不会是一个特别漫长的冬天?"他问自己。

同一天早上,丽娜、艾尔米妮亚和吉卡也从拉普拉塔出发去往洛马斯德萨莫拉。桑兹法官终于给了她们一次听证机会。她们一大早就出门了,戴着手套、毛线帽子、围巾,穿着冬靴。凌晨5点半,她们已经在克里奥尔海岸的站台上等车。法院的预约是8点半,但弗洛伦西奥巴雷拉医院的路口有军队在检查,所有人都要从大巴上下来,打开包和钱夹,出示证件。之后,负责检查的长官命令所有人背对大巴站好,把手举起来。这是丽娜第一次被荷枪实弹的人搜身。她们任看着对面那队人的灰色徽章,一动不动,一言不发,所有人都一言不发。当被警察的手掌摸遍全身时,丽娜咬住了嘴唇,而吉卡无法控制地放声大哭。士兵们检查了所有乘客后,仍然不允许他们上车,而是让人们面对巴士的一侧举着手站了整整半个小时,寒意穿透了身体。艾尔米妮亚开始在原地快速移动双腿以促进血液循环,但是一个士兵朝她大喊,叫她别动。没人知道喊叫声从哪里来,也没人问任何问题。

索拉的司机把车停在洛马斯德萨莫拉未成年人法院楼前的空地上,那里有一块专为司法机构保留的区域,被笼罩在吞噬一切的雾中。索拉下车时,看上去他的身体把轻雾分开了。他朝未成年人法院楼走去。他一路走,安保人员和警察一路高声向他问好。

"早上好,我的将军。"

雾气模糊了那些警察的影子:只能看见一只敬礼的手,一个挺胸的躯干,一个高昂的额头,一张下颚紧张的脸。

玛尔塔·桑兹法官让秘书不要打扰他们,然后问索拉要不要她在会议开始前给他带杯咖啡过来。桑兹是个四十岁的女人,高个子,一支接一支地抽烟。尽管她讲话的语气不容置疑,表情却总是很柔和。她让秘书在会议结束前不要把电话接进来,急事也不行,并强调她谁也不会见。她办公室窗子上的气窗敞开着。从房间里,透过玻璃可以看到白色的低雾,在很近的地方环绕着法院楼。尽管窗户开着,房间里还是很暗,因为雾气不允许光线透过来。除此之外,两人头顶的灯光也很昏暗,几乎无法照亮他们,看起来好像只是两个正在闲谈的褐色影子。

"法律会为这些社会过程保驾护航。"法官说。

"我们知道,"索拉说,他的声音很尖,"知道你们会和我们站在一起。"

"但那个管理者令我很不安。我想和您谈谈。"

"谁是管理者?"索拉问。

"您不认识她?"

"儿童院在一个领导委员会手里,我认识那里的所有成员,都是可靠的人。"

"她叫阿莉西亚·伊巴涅兹,负责儿童院的采买,"桑兹继续说,"还有工资结算。据我所知,她不是委员会的成员,但她是一位创始人的女儿,她父亲是个博爱的人。"

"费尔米娜没跟我提过她。"

"费尔米娜给她打掩护,每次我问起来,她的回答都含糊其词。但儿童院里有很可贵的工作人员,比如门房,他一直都和我合作。"

丽娜、艾尔米妮亚和吉卡晚了半小时才到法院,因为是一路从车站跑来的,她们上气不接下气。法官在开会,秘书告诉她们,会议开始得比预期晚。她们把大衣和围巾放在一把椅子上堆成了一座山,然后坐下来,开始等待。

桑兹法官一支接一支地抽烟。

"请您把这个女孩的信息写下来给我,我来负责她。"索拉说,"现在让我担心的是费尔米娜,我以前不知道……"

"也得控制好费尔米娜,但这不是问题,现在要处理的是阿莉西亚·伊巴涅兹。她在儿童院有一项非常具体的工作:采买和工资结算。但她会偷看记事本,打电话到这里来,还告诉我的秘书入院记录上缺了一些信息,少了姓氏或是入院日期。她甚至放肆到想直接和我通话。"

"这丫头打电话到法院来?"

"不止一次。"

"真是胆大妄为。"索拉说。

"现在她急着要知道最近入院的那个小女孩的父母是谁。"

"我今天就和费尔米娜谈谈。"

"这个法院有很多夫妻想收养孩子。"桑兹说,目光凝固在窗外的雾中,"我有保护这些孩子的义务,他们的父母对他们毫无责任感。父母……他们配不上这个词。"

"您知道我和您持相同意见。"

"而且,阿莉西亚这姑娘有可能是个危险人物。"

"内鬼?"

"不,我觉得不是。"

"所以呢?"

"应该是那种认为自己能在世界上伸张正义的人。"

桑兹在空气中挥手,想赶走一只飞到她面前的苍蝇。

"连在冬天都没办法把它们赶尽杀绝,"桑兹说,她指的是苍蝇,"总会有一只转来转去。"

"您应该要求他们给这里灭虫。"

"为了苍蝇灭虫听起来很夸张,但如果它们一直在这儿,我们就得做点什么了。"

苍蝇在两人鼻子底下飞,画出不规则的路线。索拉的目光追随着它。苍蝇不见了,但仍然能听到轻微的嗡嗡声。

"惹人厌的东西都聪明得很。"他说。

"她申请带那小女孩回自己家过周末。"桑兹补充道。

索拉在椅子上调整坐姿,对情况很不满。

"我批准了她的申请。"桑兹说。

索拉吃了一惊。

"这些人在所有地方都能看见幽灵,如果我拒绝她,情况会更坏。也许这样她会冷静一点,谁知道呢。"

索拉做了一个不快的手势。法官透过窗户看着雾,用和提起阿莉西亚时一样的语气说:"我希望您知道这件事。我想这姑娘不是内鬼,但如果她是的话,我们这个周末就会知道了。您懂我的意思吗？我们互相配合工作。"

"就到这里吧,对我们都好。"索拉建议,虽然这更像一个命令。

"您等一下,将军。现在最好让她在视线之内,这样更容易控制她。"

"如果她是他们中的一个,不能让她跑了,最好清洗掉。"

两人表情严肃,咖啡在杯中变冷了。

"因此我在给您打预防针。"

"这样做,我们知道能在儿童院找到她,哪一天,什么时候。"

她又点燃了一支烟,望向窗外。

"伦敦。"

"什么？"索拉问,有些摸不着头脑。

"我们就像在伦敦一样,将军。"桑兹说,"还是说您不希望这里是伦敦？"

索拉提醒说,苍蝇正落在放在写字台上的一个文件夹上。他小心翼翼地抬起手。桑兹也注意到了,她一动不动,以免惊动苍蝇。索拉已经离它很近了,再等一下,苍蝇就会被他手掌的重量拍死。在寂静中,桑兹香烟的烟雾在螺旋上升。索拉朝书桌扑过去,手掌带着身体的重量拍向桌面。直到又一次听到嗡嗡声在身旁响起,他都以为自己已经把苍蝇打死了。

丽娜、艾尔米妮亚和吉卡看见索拉出来便开始做准备,以为马上就会让她们进去。但结果她们不得不又等了一小时,直到秘书做了个可以进去的手势。

写字台的一边是桑兹法官的扶手椅。另一边,有两张非常破旧的椅子。

"各位得原谅我,"法官说,"我们这儿的环境不是很舒适。"

妇人们把两张椅子拼在一起,在上面坐下,仿佛那是一张长凳。尽管有点挤,还是坐下了三个人。三位祖母的背挺得笔直,肩向后收,身体紧紧贴在一起,如同一人。每个人身上都有能看到的紧张的痕迹:艾尔米妮亚双手绞着一块手帕;吉卡一只脚不断重复着一个紧张的动作,动作很轻,却无法停止;丽娜快速地摩挲着自己的手背。法官告诉她们,事情她已经知道,因为秘书提前跟她讲了。

"请您理解我,"丽娜说,"我需要报案,我已经绝望了。如果有人绑架您的家人,如果所有人都突然消失,您会怎么样?"

"女士,我理解您。"法官对丽娜说,"但是我不能接受您的报案。这是一个复杂的情况,我会与您合作,尝试解决问题。但您说的话有什么证据?您为什么肯定这是一次绑架?您做出的指控很严重。如果要为类似的事情立案,我需要证人。您有证人吗?邻居看到什么了吗?"

"打电话来通知我的人……"

"对,"法官打断了她,"但您连打电话给您的人是谁都不知道。今时今日,谁都会打匿名电话。"

"您知道我在说什么。"

法官坐在她的皮质扶手椅上,靠着椅背,双手抓着扶手:

"不,我不知道您在说什么,请您告诉我。"

"女士,有人在迫害我的儿子,我认为他们也在迫害我儿媳。"

法官没有回答她,丽娜摩挲着双手。寂静仿佛会永远持续下去,直到丽娜说:

"还有我孙女,她在哪里?我该去什么地方找她?"

"能帮到您的所有事,只要是我能做的,"桑兹说,"我都会做。女士,我是未成年人法院的法官。但您得明白,这对我来说并不容易,因为我们没有任何确切的信息。您是她的奶奶,却跟我说您以前连她们住在哪里都不知道,是刚刚才知道地址的。"

"因为有人在追捕我儿媳,她对地址保密,是为了自我保护,也是为了保护我。"

桑兹点燃一支烟。

"有时候人得接受命运,还有上帝为我们做出的安排。"法官说。

"我儿媳怀孕了。预产期在12月。"

丽娜还想说什么,但法官抬起手阻止了她。桑兹离开椅背,身体向写字台前倾,好像要从她们身上越过去。

"上帝不会抛弃任何一个生灵。"

电话铃声打断了她。桑兹停了下来。她仍然看着丽娜,轻轻拿起话筒,动作迅速地挂掉电话,任听筒掉落在电话机身上。那响声吓了吉卡一跳,也让丽娜觉得很不舒服。

"各位都是有信仰的人,没错吧?你们都相信上帝吧,女士们?所以,就把一切都交到他手中吧。"

丽娜、艾尔米妮亚和吉卡穿上大衣,离开法院。她们穿过马路,在对面的人行道上渐行渐远。丽娜走在中间。忽然,她的左膝一软,但没有完全摔倒。另外两个人抱住她,支撑着她。她们互相搀扶着继续向前走,现在走得更慢了。

"咱们找个酒吧。"吉卡提议。

她们朝着道口栏杆走过去,快走到那里时,栏杆正好要放下来。道口管理员用力吹了好几次哨子,提醒行人现在不能穿行。她们靠在围栏的铁柱子上。两列火车从平行的铁路上分别开过,车头和车轮的噪音覆盖了整个地方。尽管谈话仍在继续,但已经听不见内容,看起来她们像是在对着虚空说话,在演哑剧,或是失声了。尽管如此,她们也并没有停下,而是继续交谈着。火车开过时带起的风吹在她们脸上,吹乱了她们的头发,扬起空气中的杂质,恼人的渣滓令她们眨起了眼睛。

隆　　尚

　　这是一个非常寒冷的星期六,但阳光比最近几天强烈,在中午这个时候暖洋洋的。昨天桑兹在授权书上签了名,允许阿莉西亚从儿童院带艾米莉亚去她家。许可的有效期是一个月:在这段时间里,阿莉西亚被授权每个星期六下午2点接走艾米莉亚,并需要在星期天下午5点送她回去。吃过午饭,费尔米娜递给艾米莉亚一个袋子,让她换好衣服等阿莉西亚。艾米莉亚锁上洗手间的门,打开袋子,看到了自己来儿童院那天穿的衣服。因为很冷,她迅速脱下衣服,穿上裤子、白衬衫和粉色羊毛大衣。在袋子的底部,她还找到了长袜和奶奶送她的皮鞋,很费力才打开了踝带上的搭扣。她用张开的双手压压自己头发。现在所有的衣服穿在身上都比以前大。穿好衣服,艾米莉亚在回廊里等阿莉西亚来接她。在裤子两侧的口袋里,她摸到了发带,那是妈妈给她扎两条辫子时用的。

阿德罗奎[①]

阿莉西亚觉得带艾米莉亚去布朗广场玩是个好主意，荡了好一会儿秋千之后，她们又买票去坐旋转木马。嘶哑的音乐声时断时续，因为扬声器已经很旧了，运行得不稳定。到儿童院之后，艾米莉亚第一次玩得这么开心。她坐在一匹一上一下的马上，这种运动在胃里制造出一种她很喜欢的感觉，让她笑了起来。有时她会闭上双眼，沉浸于在马背上感受到的快乐之中——来来去去，上上下下，转啊转啊。在广场的一角，军人们正站成一排执行任务。乘客们从车上下来，手里拿着身份证。阿莉西亚观察着艾米莉亚，在孩子每一次转到面前时对她微笑。当她注意到角落里的军事行动时，脸上的表情严肃了起来，并不完全因为任务本身而担心——她的钱包里装着桑兹法官签名的文件，而是因为尽管法官不愿告诉她艾米莉亚是谁的女儿，她也几乎可以确定，是军人绑架了她的父母。乘客们背对着士兵，双手举过头顶。士兵们在搜身。

"下来，艾米莉塔。"阿莉西亚说，尽管这一刻的情况令她非常紧张，她对艾米莉亚仍然很亲切，"咱们走，宝贝。"

当她们穿过广场、逐渐远离执行任务的军人时，旋转木马的音乐又响起了。放的总是同一首歌，但每一次音乐声都更沙哑，更加

[①] 阿德罗奎，阿根廷城市，位于布宜诺斯艾利斯以南约23公里。

时断时续。轮子慢慢开始旋转起来。阿莉西亚揽着艾米莉亚的背,为了保护她,也是为了让小姑娘跟上她特有的快速步伐。艾米莉亚不知道为什么要逃走,也不知道她们在躲避什么。阿莉西亚拉着她走了一段路后,又把她抱了起来。艾米莉亚把下巴靠在阿莉西亚肩膀上,她们很快就远离了这个地方。从阿莉西亚的肩头,孩子看见士兵们站在广场一角,举着枪。

她们回到家中。阿莉西亚开始准备晚饭的煎肉排和土豆泥,告诉艾米莉亚可以自己玩,看电视,画画,想做什么都行。艾米莉亚去了洗手间,在家里转了一圈。阿莉西亚铺好桌子。她买了可口可乐和巧克力布丁做甜点。

"艾米莉塔,"她从厨房叫她,"你在哪儿?"

阿莉西亚听到脚步声,像是有人穿着高跟鞋走路的声音。是艾米莉亚踩在她的黑皮鞋上走了过来,她还戴上了一顶红色礼帽,步伐缓慢,为了不摔倒而努力保持着平衡。

睡觉前,阿莉西亚洗了艾米莉亚的衣服,还洗了在裤子口袋里找到的发带。她把衣服都晾在走廊暖炉旁边的两把椅子上,好让它们能在夜里晾干;之后,她又走进了艾米莉亚睡觉的房间。已过午夜。阿莉西亚给她盖好被子,摸了摸她的头发。她在床上躺下,但却毫无困意,无法入眠。走廊里亮着一盏昏暗的灯,照进房间里。在房间里,她好像听到了一声呻吟。她从床上起来,经过走廊,来到艾米莉亚的房间,发现她正躺在床上哭。阿莉西亚坐在旁边抱住她,亲了亲她的头。

"哎,别这样,"阿莉西亚对她说,"怎么了?你现在在我家,我们在一起呢。"

艾米莉亚无法说话。

"你喜欢和我在一起吗?"

艾米莉亚点头回答说是,她点了很多次头,是的,她喜欢,是,是,是。

阿莉西亚在一旁躺下,艾米莉亚转过身去,背对着她。阿莉西亚从背后抱住她,在她耳边哼起一首歌。艾米莉亚的身体由于啜泣引起的痉挛而紧绷着。阿莉西亚在夜晚的寂静中哼歌的温柔声音似乎正在将平静交还给她。艾米莉亚闭上眼睛,痉挛减轻了,在阿莉西亚的歌声中,她慢慢恢复了呼吸的频率,脑中出现了母亲在床上为她梳头的影像:她梳着她的头发,亲吻着她的头。忽然间,一阵寒意让阿莉西亚脊背发凉。于是,她静悄悄地起身,去把房间里暖炉的温度调高。取暖器的蓝色火苗因为炉灰而变小了。阿莉西亚听到一个极轻的声响,是火在升温时会发出的典型声音。艾米莉亚像弹簧一样从床上坐起来。阿莉西亚见状又回到她身边,哄她入睡,直到小姑娘睡着后才回自己的房间。她又确认了一遍炉子的旋钮开到了最大,把手放在取暖器上感受着热度。回房间的路上,顺便把走廊里取暖器的温度也调到最高。她试着睡觉,但没过几分钟就感觉到房间里有人,她睁开了眼睛。艾米莉亚在那儿,赤着脚,站在离床很近的地方。走廊的灯光剪出了她的影子。

隆　　尚

自从艾米莉亚来到儿童院,阿莉西亚就开始问她的出生证明在哪儿,还有为什么她的信息没有被登记在儿童院的入院记录上。除此之外,她还想知道艾米莉亚的生日是哪天。她不想去问艾米莉亚记不记得自己哪天过生日。与她相反,费尔米娜已经问了艾米莉亚好几次,但小姑娘什么也没回答,只是低下头,看向另一边,或是去洗手间,在里面待很久才出来。现在费尔米娜在做蛋糕,准备为8月出生的孩子们庆祝生日。她一边把油和糖搅拌在一起,一边问艾米莉亚记不记得她什么时候过生日。艾米莉亚盯着碗里的混合物,摇摇头表示不知道。费尔米娜继续问:

"那你今年几岁了?"她问,"这你肯定记得,对吧?"

艾米莉亚没说记得也没说不记得,把脸靠在桌子上。费尔米娜继续着她的问题:

"你几岁了？四岁？五岁？六岁？"

艾米莉亚抱住自己的头,这下她什么也看不到了。她把脸藏在手臂中,只听见费尔米娜的叉子仍在搅拌的声音。

费尔米娜从厨房向食堂走去。因为手里端着装蛋糕的托盘,她走得小心翼翼。今天是8月的最后一个星期五,还有几分钟就到下午5点了。从阿莉西亚到儿童院工作开始,每月的最后一个星期五都会为孩子们庆祝生日。费尔米娜会烤一大块蛋糕,吃蛋糕之前大家一起唱生日歌。艾米莉亚没有像其他孩子一样在食堂里,也没像其他人那样戴着卡片纸做的帽子——每次有庆祝活动他们都戴同样的帽子。费尔米娜捧着蛋糕出现了,所有人都高兴地叫了起来。费尔米娜把托盘放在桌子上,大家唱起生日歌。艾米莉亚在园子里,她在费尔米娜去厨房拿蛋糕时溜走了。现在她正往小飞机上爬,一爬到上面就坐到了方向盘前,摆出驾驶的姿势。听到其他孩子唱生日歌时,她想从飞机上下来,回去参加生日会,但脚下一滑,一条腿被一块铁皮挂住了,划了一个口子。阿莉西亚恰好在这时到了,看见了艾米莉亚。她把车停在一边,朝她跑过去,抱起她来到食堂。艾米莉亚小腿上的伤口在流血,血令她感到害怕,伤口也很疼。阿莉西亚把她抱到一个长凳上,帮她把腿架在一把椅子上拉伸。血流下来,弄脏了椅子。费尔米娜给她涂双氧水,小姑娘大叫起来。孩子们在她身边围成一圈。

"得带她去医院。"阿莉西亚说。

"不用,"费尔米娜回答,"等血止住就没事了。"

"但这可能很危险。"

"别夸大其词,阿莉西亚。"费尔米娜说,"这种磕磕碰碰我治好过很多。"

"这不是磕磕碰碰,这是个伤口,那铁皮是生锈的。她可能会感染。"

阿莉西亚走到费尔米娜身边,她说话的声音很低,以免吓到小姑娘。

"我觉得应该给她打破伤风针,还得缝合一下伤口,否则会不好愈合。不然这伤口到底要留在她腿上多长时间?"

艾米莉亚伸直腿躺在床垫上。费尔米娜给她把伤口包扎得很紧,绷带勒得她有点疼。艾米莉亚不记得自己的生日,但是她不想告诉费尔米娜。厨房里有动静,费尔米娜肯定还醒着,但艾米莉亚并不打算过去请她把绷带松开一点,因为她会生气的。有时艾米莉亚甚至不能确定自己几岁了。和妈妈住在布尔萨科家里的时候,她五岁,快要满六岁了。有些日子,她很清楚地记得这一点;而在另一些日子里,她会弄不清年纪,觉得自己已经六岁了。她也不知道自己在这个地方多久了。她只记得来这里那天自己穿着绿色的皮鞋,梳着辫子。那天吃晚饭时,坐在旁边的男孩问她有没有妈妈,她告诉他有;他又问她有没有爸爸,她告诉他有;他们叫什么名字,男孩问她,她什么也没回答;他又问她几岁了。她还记得,她不明白自己为什么在这里,还有她想离开这里,还有费尔米娜对他们说已经很晚了,所有人都得去睡觉了。她试着去想受伤的腿,但做不到。绷带压着她,她不想一个人待在这里。

洛马斯德萨莫拉

从一个月前开始,到洛马斯德萨莫拉的未成年人法院只有一条可以通行的路,把人行道上的大门和法院楼的入口连接在一起。9月将严冬的低温甩在了身后。将近正午。另外两条路由于碎掉的地砖太多,出于安全考虑已禁止行人通行,通知上有"禁止通行"和"入口已关闭"的字样。恩里克·西伦特和路易莎从法院楼里出来,沿着唯一可以通行的路向街道的方向走去。两人今年都是四十五岁,没有孩子。路易莎一边走,一边用手指压了好几次鼻翼,好像手指是两个轻柔的夹子:这是她习惯性的小动作。签好文件后,西伦特夫妇要直接去儿童院。法官告诉他们一切都准备好了,孩子在等他们,还给了他们当天把她带走的许可。路易莎拿着一个文件夹,封面上有"NN[①]/未成年人案件,法官玛尔塔·桑兹"的字样。这是一份档案复印件,其中有孩子的出生证明,名字是艾米莉亚·西伦特。出生日期:1971 年 9 月 21 日。时间:早晨 8 点。出生地点:洛马斯德萨莫拉。恩里克·西伦特和路易莎·富内斯之女。

丽娜、艾尔米妮亚和吉卡一大早在拉普拉塔汽车站碰面,乘巴

[①] NN,拉丁语"nomen nescio"的缩写,意为"无名",用来指代身份不明的人。

士去洛马斯德萨莫拉,中午前就到了法院。丽娜已经忍无可忍,她想知道发生了什么,她的家人在哪里。吉卡和艾尔米妮亚不想让她单独去。最近几天,丽娜打了很多次电话,但一次出庭陈述的机会都没能得到;秘书的回答含糊其词,在最后一通电话里让她两个星期后再打过来。两个星期不知道全家人身在何处的绝望?拜托!什么人可以行行好,告诉她他们都在哪儿!有时候,丽娜的胸口会涌起一阵不安,她问自己:他们还活着吗?

法院那侧人行道上的入口处只有一扇门,丽娜、艾尔米妮亚和吉卡只能逐个进去。她们排成一队,丽娜走在最前面;她们看着丽娜的手往前走,路和大门一样狭窄,地砖有些磨损得很严重,有些已经碎了。恩里克和路易莎也在同一条路上,正朝相反的方向走去。由于是并排走,恩里克和路易莎没有给其他人让出一点空间。丽娜正在往后看,以确保艾尔米妮亚和吉卡还跟在她后面。这是一个快速的动作,但在回头时,她没看到正走过来的路易莎。路易莎的肩撞到了丽娜的胳膊。路易莎是个强壮的女人,碰撞对她毫无影响,只有手臂夹着的档案袋险些掉落。丽娜脚下绊了一下,但没有摔倒。路易莎和恩里克无视丽娜的存在,只急着在档案袋落在地上前抓住它。除了一页纸因订书钉松动落在了地上,其他页面都纹丝未动。恩里克和路易莎快速整理好文件,继续往前走,并没有为撞到了丽娜而向她道歉。

"可真粗鲁啊。"艾尔米妮亚做了个不屑一顾的手势。

隆　尚

阿莉西亚接到儿童院辞退她的电报已经三天了,而她只能和费尔米娜说话,因为儿童院基金会的其他成员都不接她的电话。门口执勤的士兵明明认识她,却不想放她进去,还求她不要牵连自己。这一夜,很晚的时候,阿莉西亚给费尔米娜打了电话。

"我没什么时间。"费尔米娜对她说。

"我丢了工作,可没有人给我任何解释。"

"我也不知道他们为什么要辞退你。"

"我是个好员工,对吧?"阿莉西亚咄咄逼人,"我总是能做好他们要求的事情。费尔米娜,你本来可以为我辩护的。"

"我尽我所能为你辩护过。"

"在谁面前?"

"这不重要。"

"我觉得很重要。"

"我得挂了。"

"我想知道是谁赶我走的。"

"机构,阿莉西亚,是机构解雇你的。"

"艾米莉亚好吗?"

"她很好。"

"我请求你让我看看她,就算是最后一次也好。"

"阿莉西亚,你在说什么?"

"我要去告发。"

"你还记得负责未成年人案的法官是谁吗?"

阿莉西亚没有回答,她们之间出现了短暂的沉默。

"听我说,阿莉西亚,你不应该生我的气。你知道我和你是一边的,但我毫无办法。有一天你会理解我的。我和这事没有任何关系,恰恰相反,我为你在部委里争取到了一份工作。下个月他们会给你打电话,不知道是不是份好差事,但总比没有工作好,我只能做这么多了。"

西伦特夫妇结束了和桑兹法官的谈话,正去往隆尚。洛马斯德萨莫拉法院到儿童院的车程是半小时。

"一个儿子,终于。"她说。

"是女儿。"他纠正她说。

到儿童院后,他们把车停在人行道上,车头对着入口的大门,挂着铁链和锁的门紧闭着。两人紧张地等待着,希望有人来给他们开门。看门的是一个士兵。大门上方的门框上挂着耶稣圣心像。士兵接到的命令是不能放任何人进去。这天早晨,法院那边通知他西伦特夫妇有桑兹法官签字的授权,可以进入儿童院。尽管如此,入口处的检查仍旧详尽彻底。士兵要求西伦特夫妇出示证件和有法官签字的许可,拿在手里看了看,探身将他们的脸与照片对照,又看了一眼车子内部。路易莎摸了摸鼻子,轻轻压着鼻翼。士兵看到后座上装着档案的文件夹。NN。他要求恩里克打开箱子,然后他打开锁,用手势示意他们现在可以进去。锁和锁链挂在士兵的手上。西伦特夫妇把车开到儿童院楼前。恩里克对路易莎说了些什么,她点点头表示同意。他们这样检查很好,恩里克说,得照顾好这些孩子,他们已经遭了很多罪。挡风玻璃上贴着西伦特夫妇虔信的卢汉①圣母的照片。照片下方,印着"保护我"的字样。

恩里克和路易莎在儿童院的回廊里等艾米莉亚。与此同时,恩里克在来回踱步,他的步子很轻,走过去时手背在身后,走回来时双手放在胸前,时不时地停在机构创始人的照片前。路易莎忽然感到鼻孔处有些刺痛,她无法停止摸鼻子,用指肚按压两侧鼻翼。

"你会弄伤自己的,我说。"恩里克对她说。

正值初春,阳光强烈,园子里草色返青。费尔米娜和艾米莉亚手牵着手,从中央走廊走过来。艾米莉亚穿着灯芯绒裤子,荷叶绲边领白衬衫,粉色羊毛大衣和绿色皮鞋。费尔米娜像以往一样不得不拽着她,手里拿着一个小袋子,艾米脏乎乎、脱了线的手脚从里面露出来。艾米莉亚挠挠头。

"我们走,艾米莉亚。"费尔米娜说,"不然他们就走啦,把你留在这儿,听见没有?"

在回廊里,四个人保持着距离,谁也没有上前一步。没有拥抱,没有亲吻,也没有握手。唯一的问候来自费尔米娜,除了艾米莉亚,所有人都重复了一遍。

"下午好。"费尔米娜说。

"下午好。"

"下午好。"

小姑娘看着他们,两只手挠着头,一言不发。费尔米娜把袋子递向路易莎,艾米从里面露出来。袋子是费尔米娜为了让艾米莉

---

① 卢汉,阿根廷城市,距布宜诺斯艾利斯约68公里,阿根廷最重要的天主教堂卢汉圣母堂坐落于此。

亚把娃娃带去新家而准备的,来儿童院的那天她就带着它,几个月来从未与它分开,但路易莎用手势拒绝接过袋子。而费尔米娜坚持把它递过去。

"啊,"路易莎说,"不,不,不用了。"

费尔米娜想把娃娃从袋子里取出来给路易莎看,试图以此说服她,但路易莎伸直了手臂表示拒绝。费尔米娜屈服了,她加快了语速,就连她也感到紧张。

"好好表现,"她对艾米莉亚说,"做个好女孩,别让爸爸妈妈烦心。"

路易莎装出一个微笑,恩里克搓搓手,指节的骨头发出响声。这是第一次有人这么叫他们"爸爸妈妈"。有一会儿谁也没说话。费尔米娜最后一次亲了亲艾米莉亚的头。

"以后你会来看我吗?"费尔米娜问她,"我会在这里等你的,听见了吗?"

费尔米娜一边从回廊往楼里走,一边把艾米装起来,用攥起的拳头把它塞到最底下,然后用抽绳把袋子系了起来。她的步伐短而急促。路易莎摸了摸鼻子,想要说些什么,但最终还是沉默不语,开始朝园子走去。恩里克跟着她。艾米莉亚仍在回廊里,在原地一动不动地观察着他们。

在园子里,恩里克和路易莎坐在小飞机的机翼上。艾米莉亚看着他们。一坐下来,他们就把手藏在腿下面,手掌放在铁皮上。这么做是为了不弄脏衣服,但铁皮上的锈迹弄脏了他们的手,路易莎的一只手掌上还扎了几根刺。他们不自在地站了起来。恩里克轻轻拍了拍手,试图把手弄干净。路易莎小心地把刺拔出来。艾米莉亚远远地观察着他们,仍然没有动。为了不再被机翼上的锈迹弄脏,恩里克和路易莎现在靠在了机身上,站在那里叫艾米莉亚,让她过来找他们。他们没有叫她的名字,而是打着手势示意她过来。

"哎,"恩里克说,"来,过来。"

艾米莉亚仍站在原地,但这时她转过身去,看向儿童院楼里面,看向费尔米娜刚才进去的走廊。路易莎见状回到回廊去找她,拉起她的手,轻轻把她拖向园子。

"我们走,"路易莎用几乎低不可闻的声音对她说,"走吧,我们是来接你的。"

路易莎和恩里克想再次坐在机翼上,但一想到锈迹,他们的动作便停住了,只是靠在了飞机上。两人一直在变换姿势,因为没有一个姿势能令他们感到舒服。他们先是背靠着机翼,然后换成用一只手臂支撑,然后换另一只,之后又变成同时用两只手。他绞着手指。路易莎的鼻孔又痒了,她用力压了两三次鼻子止痒。两人都在努力表现得平静。他们很清楚自己都要说些什么,这是他们事先想好的,现在时间到了,只需要把商量好的东西重复一遍。因此,一个人说话时,另一个总会点头表示同意。

"我们是来接你的。"恩里克先开了腔,但他打断了自己,在继续说下去之前,他问道,"他们告诉你我们会来接你了吗?"

艾米莉亚看着他们,但什么也没说。他将对话继续了下去。

"我们来接你回我们的家,跟我们一起住,你知道吗?"

小姑娘轻轻耸了耸肩。

"你马上就有新家了。"路易莎说。

他们说的每一个字都显然是提前准备过的,就像两个重复着虚构台词的拙劣演员。

"都是新的:新家,漂亮的玩具……"恩里克说。然后他问路易莎,假装不知道答案:"还有什么,路易莎?"

她急忙回答:

"新名字。"

他跟着重复：

"一个好听的名字。"

艾米莉亚小声说出自己的名字，几乎低不可闻。恩里克和路易莎注意到了这一点，但假装没听见，继续说了下去，好像小姑娘什么也没说过。

"弗洛伦西亚。"他说，"现在你叫弗洛伦西亚。"

艾米莉亚又说了一次自己的名字，现在她的声音更低了。路易莎用戏剧性的声音说：

"弗洛伦西亚，多美的名字啊！"

艾米莉亚被吓到了，只能用嘴唇做出她名字的口型，没有出声。

"弗洛伦西亚……"路易莎逐字拼出这个名字，"和意大利城市①一样。你知道意大利有座城市和你同名吗？"

"有一天我们三个会一起去佛罗伦萨。"恩里克说，路易莎笑了。

"你现在是谁，路易莎？"恩里克问。

"弗洛伦西亚的妈妈。"

"那我是谁呢，现在？弗洛伦西亚的爸爸？"

"当然了。"

"现在我是你的爸爸。"恩里克对艾米莉亚说。

"我是你的妈妈。"路易莎说。

"你是弗洛伦西亚。"恩里克说，"从现在开始，直到永远。直到永远。"

艾米莉亚看着他们，目光停留在每个人脸上。她抓抓头发。

---

① 意大利城市佛罗伦萨（Firenze），在西班牙语中写作"弗洛伦西亚（Florencia）"。

恩里克整个身体都靠在机翼上。他们听到一个声音,嘎吱嘎吱的声音,像是有块铁皮正在脱落。

两人又在小姑娘面前开始了夸张的表演。

"她是你妈妈。"恩里克说,指着路易莎。

"他是你爸爸。"路易莎说,指着恩里克。

"那你现在是谁?"恩里克坚持问道。

艾米莉亚没有回答。路易莎和恩里克交换了一个眼神,点点头,好像在提醒对方下一步该做什么。恩里克抱起艾米莉亚,朝车子走过去。他抱得很费力,因为艾米莉亚的四肢是僵硬的。路易莎在后面跟着他们。

西伦特夫妇的车的所有车门都敞开着。三个人站在车附近。艾米莉亚的腿很僵硬。恩里克和路易莎在艾米莉亚旁边蹲下来,围着她。路易莎的鼻子忽然一痒,打了一连串喷嚏。

"现在咱们就离开这个丑陋的地方。"恩里克对小姑娘说,指着儿童院的主楼。

"所以我们才来接你,"路易莎说,"为了把你带到一个漂亮的家里,每天都有好吃的。"

艾米莉亚看着他们,一言不发。

"你知道你妈妈做饭特别好吃吗?"恩里克问她。

艾米莉亚点点头,表示知道。

"妈妈给你做巧克力蛋糕,"路易莎说,"还有……我做饭的时候你要帮我,听到了吗?你会帮妈妈做饭吗?"

艾米莉亚跪在汽车后座上,车子朝出口处的大门驶去,她透过车窗看向外面。在车的一侧,一棵树的树冠下面,她看到好几个掉落在地上的橙子,就像刚到儿童院那天一样。现在草地已经被修剪过,橙子躺在光秃秃的土地上,有几个已经长出了一圈绿色的霉,另外一些的果皮上有石灰状的白晕。士兵已经把门打开,正等着他们。车开出大门时,他抬起手,做出一个告别的手势,也可能是放行的手势。车刚开到街道上,路易莎就转过身,身体朝后座滑过去,伸长手臂检查两扇后门是不是锁好了,然后又在自己的座位上坐好。孩子观察着恩里克和路易莎的后颈,看看车顶,又看看地上。她看见了旁边装档案的文件夹,还有白色硬纸封面上硕大的字母。她还不认识字,并不知道文件夹上写着"NN/未成年人案件,法官玛尔塔·桑兹"。每过一会儿,路易莎都会回头看一眼艾米莉亚。她不喜欢路易莎的目光,那目光让她觉得不舒服。她不知如何是好,便转过头去,跪在后座上,透过后挡风玻璃看着一切如何随着车的行进落在后面,风景如何越来越快地远离。恩里克在后视镜里观察了她好几次。尽管这孩子不会写字,却用食指在字母上画着,描摹着印花字体。"保护我"。然后她贴在玻璃上,脸靠在卢汉圣母旁边。就这样,他们离儿童院越来越远。有时,照在印花字体上的光过于强烈,从外面看起来,仿佛溶解了圣母的形象。要看太阳在车的左边还是右边,才知道阳光影响的是圣母像,还是让小姑娘睁不开眼睛。当光线撞上艾米莉亚的面孔时,一道光芒会令她的脸消失,抹去她的轮廓。那光线正好照在她的眼睛上,令她无法清晰地看到路。有时,她甚至要用手遮住眼睛。刺眼的光还在她的视野中造成了一种效果,她看到的一切事物上都洒满了黑斑。风景在车子后方逐渐远去,她揉揉眼皮,感到眼中一阵阵刺痛。

基 尔 梅 斯

恩里克、路易莎和艾米莉亚在河边走着。艾米莉亚来家里已经一个星期了,这是他们三个人第一次一起散步。艾米莉亚不再披散着头发,路易莎给她扎了高高的麻花辫。她穿着网球短裤、粉红色运动上衣和白色凉鞋。看起来既不像儿童院时期的艾米莉亚,也不像跟爸爸妈妈住在一起时的她,甚至也不像和妈妈两个人住时的她——那时她总是穿着丽娜奶奶送的有搭扣的系带皮鞋。恩里克和路易莎牵着她的手。夫妇俩走在前面一两步,他们的胳膊因此伸向后面,牵着小姑娘——为了不让她落在后面。

"来,弗洛伦西亚,"路易莎对她说,想让她走得快一点,"我们走。"

如果小姑娘像以前一样披着她细细的头发,河边的微风会把她的头发吹乱,将一缕缕发丝拂到她脸上。但现在她的头发被扎得紧紧的,露出额头,看上去像另一个人。

路易莎在屋后的花园里。艾米莉亚在她身边,看着路易莎如何为了消灭蜗牛把一粒粒杀虫药撒在植物旁边。覆盖院墙的常春藤,几乎每一条根旁边都被她放了杀虫药。蜗牛会顺着枝条爬上来吃叶子。尽管路易莎每个月都会放两次杀虫药,却还是没能完全消灭它们。下雨前的几天,还有路易莎没看见的时候,蜗牛会开始顺着枝条爬到墙上。尽管看不见,她一样知道它们在那里。她会注意到它们又来了,因为发现红色砖路上的黏液一直延伸到爬满常春藤的墙边。那是一种会留下小块白色痕迹的黏液,是蜗牛移动的标志。路易莎会沿着这痕迹在常春藤中寻找蜗牛,一个一个地捉住它们,把它们扔到一个塑料袋里,然后再亲自把它们在脚底踩碎。

"你的头发扎得这么整齐,漂亮极了。"路易莎对小姑娘说。孩子的两只手正顺着头顶往下摸,想找到发尾,但她的手指只能够到自己的后颈,就悬停在空气中跳舞了。

路易莎说,从今天开始,她们俩要一起杀蜗牛。什么?艾米莉亚从来没有杀过一只蜗牛!路易莎递给她一个透明的塑料袋,教她把手伸进常春藤里找蜗牛,把它们装进袋子里。艾米莉亚不想这么做,但她不敢对路易莎说不。每个袋子里装了八九只蜗牛的时候,路易莎就会把袋子打个结放在地上,这样她们就可以各踩各的。这让艾米莉亚很震惊,她不想这么做,但路易莎很坚持,对她说必须这么做,必须消灭害虫,她必须帮忙,因为这些恶心的蜗牛会祸害妈妈辛辛苦苦打理的花园。小姑娘很害怕,但却不敢告诉路易莎。她害怕那些蜗牛,尽管它们已经死了;她也害怕路易莎——自从读到蜗牛会携带寄生虫之后,她就走火入魔般地要将它们赶尽杀绝。

"快,弗洛伦西亚,快点,帮妈妈解决这些恶心的蜗牛。"

第二天上午,艾米莉亚是10点钟醒来的。知了很早就唱起了歌。这预示着一场暴雨将在下午最初的几小时内到来。天空晴朗无云,高温令人无法忍受。路易莎独自在花园里。孩子光着脚走过去找她,穿着路易莎买的新衣服——一条短裤和一件棉背心。艾米莉亚没在厨房里找到路易莎,便出门去了花园,看见她在花园最深处那堵爬满了常春藤的墙对面,正把蜗牛抓进两个袋子里。路易莎看到了她,问她睡得好不好,对她说马上就给她做一杯巧克力牛奶,前一天烤的核桃饼干也还有一些。但在这之前,她们得先解决掉这些蜗牛。路易莎要求她帮忙,告诉她两个人做起来更快。艾米莉亚不愿意。尽管说话的声音很小,她还是很清晰地说了出来。她光着脚,不想去踩它们,她说。于是路易莎把装满蜗牛的袋子系好放在地砖上,脱下了凉鞋。

"现在我们一样了。"路易莎说,"我们俩都光着脚。"

艾米莉亚看到路易莎的脚正走向她,往后退了一步。

"快点,弗洛伦西亚。"路易莎说,向她伸出手,轻轻推了推她,直到她站在了一个袋子上,"很好,就这样,很好。"

由于蜗牛很多,艾米莉亚得在脚下这些不规则的圆圈上保持平衡。她感到胃里一阵不适,但看到路易莎望着她微笑的样子,不知道该怎么告诉她自己不想杀死蜗牛,甚至也没有提不舒服的事,她双手捂住肚子,但仍然一言不发。她用脚底碾压着袋子,直到感觉破碎的蜗牛壳刺痛了自己的脚跟。在这些碎屑中间,她能感觉到失去壳的蜗牛软软的肉,一团柔软黏稠的胶质物正在她的脚下死去。

这天是星期六。三个人沿着河滨路朝恩里克和路易莎每周日做弥撒的教堂走去。小姑娘走在夫妇俩中间,被他们牵着手。像往常一样,他们得稍微拽着她的手臂。路易莎和恩里克目视前方,而艾米莉亚则看着河。她目光所及之处便是地平线。在河水明亮的表面上,她看见彩色铅笔从中间断成两截。河水在岸边静静流淌,她觉得艾米正漂浮在这陌生的水域之上。恩里克和路易莎在聊天,但她没听懂他们说的话,因为有人正在她脑中唱着"一只猫在街上钓鱼"的歌。她分不清唱歌的是谁的声音。或者她认不出那声音。或者那不是一个熟悉的声音。恩里克看着她,从他的高度,看到的是小姑娘的头顶,扎得很紧的麻花辫。路易莎仍然目视前方,用空出来的那只手按压着鼻翼。

"哎……"恩里克对小姑娘说,"怎么了?你怎么走得这么慢?"

艾米莉亚抬起头,看看恩里克,立刻又扭头去看河水。随之回来的,是哼着钓鱼小猫歌的声音,但现在她确实可以认出那声音了,她知道这是最后一晚和妈妈在一起时,她唱给自己的歌。

"对啊,"路易莎对她说,"你怎么了,弗洛伦西亚?你是不是累了?"

他们三人进入教堂,沿着一侧的过道往前走。圣诞老人在圣餐台旁边。路易莎和恩里克带着小姑娘朝他走过去,想让她要一份礼物。圣诞老人一边向她微笑,一边用手整理着胡子。他的手很大。这是艾米莉亚第一次离圣诞老人那么近。她观察着他,抚摸着自己的头发,用的是和以前抚摸披散在肩上的头发相同的姿势。路易莎轻轻推了一下她的背。孩子仿佛钉在了地上,但路易莎又去推她的肩。圣诞老人亲了她一下,她吓了一跳,哭了出来。

"哭就没有礼物,弗洛伦西亚,听见了吗?"恩里克警告她。

"爱哭的女孩多丑啊!"路易莎说。

"找我要你的圣诞礼物吧,"圣诞老人邀请她说,"你带信来了吗?"

艾米莉亚想忍住不哭,但却做不到,她揉着眼睛。

"啊,不,公主是不哭的。"路易莎说,"还是说你不是公主,弗洛伦西亚?"

小姑娘把脸藏在了手心里。

"天哪,"路易莎说,假装惊讶,"看看她多爱哭……啊,不,恩里克,他们跟我们说的是谎话,原来她不是公主。"

不管是恩里克还是路易莎,都不明白这孩子为什么不像其他所有孩子一样想亲圣诞老人。恩里克把车开得很快,因为他生气了。路易莎一言不发。艾米莉亚坐在后座上,紧贴着车门。没有人说话,也没人看对方。孩子用一只手握住麻花辫,轻轻从发尾拉扯它。她看见一张张画,是和妈妈在一起的最后一晚,吃过晚饭后两人一起画的;然后,她又一次看到了折断的彩色铅笔。

恩里克和路易莎仍在为她不想亲圣诞老人而生气。艾米莉亚在她的房间里,躺在床上,在提花面料的被子上蜷着腿,交叉着脚。房间里亮着一盏昏黄的灯。艾米莉亚听见厨房传来盘子和刀叉的声音,恩里克和路易莎在吃晚饭。路易莎做了炸土豆和煎蛋。她话说得比较多,恩里克不怎么接腔。艾米莉亚已经见过一次现在在她脑中飞的这只鸟了,它把喙钉在土地里,叼出一条蚯蚓,然后衔着它飞走了。蚯蚓还活着,悬在空中挣扎。她在有哈气的玻璃上画的那只鸟比这一只稍大一些,但她知道,那和现在在她脑中飞的是同一只鸟。忽然,有人关上了她房间的门,留下一声干涩的响动。让房间充满影子的微光消失了,艾米莉亚再一次处于黑暗中。她把所有的黑暗都留在了身体里,包括那只在她脑中飞的鸟,那条蚯蚓,那块蒙着白雾的玻璃。这黑暗总是相同的,在基尔梅斯的这个家里,在儿童院,甚至在和妈妈一起住过的布尔萨科的家里。倾倒在她身上的黑暗,吞噬了她的黑暗。

埃 塞 萨[①]

三个工作人员把一棵巨大的圣诞树放在机场国际出发大厅的正中央,在每根枝条上都挂上银色蝴蝶结和闪亮的红球。树的一边有一个假的圣诞老人——一个巨型充气娃娃,手臂上挂着红色塔夫绸袋子。袋子是敞开的,里面有很多信封和叠着的纸。圣诞老人身边有张矮桌,桌上那张卡片纸海报上用大写字母写着一句话:"你想让圣诞老人带来什么?写下你的圣诞愿望。"桌上有铅笔,还有几张纸和一些信封。在圣诞老人前面,一个工作人员正在用掸子清扫由大型人物模型组成的耶稣降生场景[②]。只差在圣诞树最高处的树枝上再系上几个蝴蝶结了,因此一个助手正在往梯子上爬。大厅里,几个士兵来回巡逻,仿佛是在清理战场。除此之外,每一个入口处都驻扎着布宜诺斯艾利斯的警察。丽娜在吉卡和艾尔米妮亚的陪同下来到机场,她们是来和她告别的。她们每个人都拿了行李,这样可以三个人共同分担重量。进入国际出发大厅时,丽娜直接走向航空公司的柜台,吉卡和艾尔米妮亚在几米外等她,远离乘客的队伍。有时,宪兵会在值机柜台附近停下脚步,在那里停留几分钟,然后继续在大厅里巡视。值机人员请丽娜

---

① 埃塞萨,阿根廷城市,属于布宜诺斯艾利斯省,距首都约35公里。
② 天主教国家在圣诞节时,通常会用人物模型还原《圣经》中的耶稣降生场景作为装饰。

出示护照。

"我现在给手提箱称重吗,小姐?"丽娜问。

"不,请您等一小会儿。您要去……?"

"苏黎世。"丽娜一边摩挲着手背一边回答。

"您在那里停留多久?您有签证吗?"

"没有,没有,什么签证?我住在那里,我有居留证。"

值机人员检查过丽娜的护照和机票,立即拨通了内线。丽娜努力想听清她在说什么,但值机人员说话的声音非常低,她没能明白发生了什么。几秒钟后,另一个工作人员赶到这里,也看了丽娜的证件。第三个工作人员走了过来,尽管没有介入,他也在观察着这一情况。

"女士,您是阿根廷人吗?"工作人员问丽娜。

"是,但我也有瑞士国籍。"

"那您是住在这里还是那边?"

"那边,从1974年开始,但我经常回阿根廷,因为我有家人在这里。"

"您护照上的地址有错误。"

"什么错误?我看看?"

工作人员翻着护照,来来回回地查看每一页。

"您的地址是什么?"

"黑吉巴赫街58号,苏黎世。"

丽娜把护照拿过来查看。远处的吉卡和艾尔米妮亚意识到发生了什么。

"就是这个,"丽娜指着其中一行说,"是正确的。"

三个工作人员又看了一次护照。其中一个人用几秒钟又核对了一遍所有信息。

"很好,我们向您道歉,一切无误。"

"对不起。"值机柜台的女雇员说,"我是新来的,有些事还很不确定。现在好了,请您给行李称重吧。"

办完手续后,丽娜去找艾尔米妮亚和吉卡。大厅里,宪兵和警察来来去去。三个人低声交谈。

"发生什么了?"艾尔米妮亚问。

"她问你什么?"吉卡想知道。

"这是她第一天上班,"丽娜回答,"今天新来的,搞不清证件的事,不过现在没事了。"

艾尔米妮亚不太相信,但没说什么。她找出一包糖果递给丽娜,让她路上吃。

"有任何新消息,"她对丽娜说,"我们都会写信通知你。"

"你们保重。"

宪兵走过来,停在她们附近。

"咱们保持通信,"丽娜对她们说,"我在瑞士期间,发生任何事,你们都可以以我的名义行动。"

"他们不会允许的。"艾尔米妮亚说。

"你至少也得给我们签一个授权。"吉卡补充道。

"我们之前怎么没想到呢?"

丽娜在手提包底部翻找她的笔记本,艰难地把它取了出来。她又去找笔,因为找不到而抱怨起来。如此多的障碍令她感到烦躁,但艾尔米妮亚和吉卡努力让她平静下来,言辞之间尽量将不便之处最小化。她俩开始在自己的包里找笔。谁也没有找到。吉卡走开了几步,想去问一个路过的人能否借支笔给她,但那人避开了她。最终,还是艾尔米妮亚在包里找到了一支圆珠笔。她们仨迅速走向宪兵和警察视线之外的一侧。丽娜试图在本子上写字,但由于角度不对,圆珠笔不出水。她试了好几次,使劲按着笔,但还是不行,笔仅仅在纸上留下了一道几乎不可见的痕迹。吉卡于是提出让她在自己背上写,丽娜把本子放在了她的背上。与此同时,艾尔米妮亚给她拿着包,好让丽娜可以腾出手来写字。她们三个一起组织着文字内容。尽管授权人和文件签署人都是丽娜,但对于吉卡和艾尔米妮亚来说,这张纸同样重要,因此在这几分钟里,她们三个人的精神完全集中在遣词造句上,集思广益。丽娜一边写,一边低声重复道:

"'布宜诺斯艾利斯,1976年12月21日。'应该是写'我授权给……'吗?"

艾尔米妮亚毫不犹豫:

"最好是写'通过本文件,我授权给……'。"

吉卡向一侧转过头,让自己的声音对着丽娜:

"最好是这样:'我以直系亲属的名义,……的祖母。'"

丽娜一边写,一边同时念着:

"我以直系亲属的名义,授权以我的名义办理与寻找孙女相关的手续……"

写完之后,她签好名,小心翼翼地撕下那张纸。艾尔米妮亚把纸折起来收好。她们三个拥抱在一起,这拥抱令她们没能看见两个警察正走过来。其中一个问她们在这里干什么,告诉她们这不是让乘客逗留的地方;另一个则命令她们离开。三人于是在圣诞树、圣诞老人和耶稣降生图所组成的场景周围走来走去,像是在转圈。工作人员正把最后几个蝴蝶结挂在树上。不知道为什么,圣诞老人开始漏气了,之前在整理耶稣降生场景摆件的工作人员,现在正在用气筒为它充气。

基 尔 梅 斯

艾米莉亚醒来时穿着衣服,躺在被子上。家中仍然一片寂静。因为昨晚他们没让她吃晚饭,她已经饿了,还有点冷。她钻到被子下面,闭着眼睛抱住了枕头。记忆寻找,失去,传递,揭示。在恩里克和路易莎来接她之前,就在那一天,她在儿童院的园子里。园子很大,她独自一人。忽然,一颗橙子从其中一棵树上掉下来,撞在土地上,她吓了一跳,感到害怕。那恐惧,现在钻到了被子里。

1977

……之前,当你在哭时,有人与你一起哭泣。

——娜塔莉亚·金斯伯格[1]

---

[1] 娜塔莉亚·金斯伯格(1916—1991),意大利小说家、散文家、剧作家。

世界的暴烈呼吸

圣比森特①

1月的第一周,西伦特一家搬到了位于圣比森特的一座乡间别墅,准备在那里度过夏天。恩里克把手提行李搬进后备厢,路易莎在后座放了太多的包和纸箱后,那里的空间几乎所剩无几。艾米莉亚不得不一路待在前面,坐在路易莎的腿上。这是他们第一次一起开车旅行。前座的挡风玻璃很低,艾米莉亚把下巴抵在车门边上;路易莎给她盘起了头发,这样她的脖子不会太热。一阵热风吹在她光洁的脸上。在田里,铁丝网后边有几头牛在吃草,另外几头卧在地上。每隔一会儿,就有一匹马飞奔着穿过田野。路上几乎没有车,恩里克加速行驶,艾米莉亚让下巴靠在两手之间,眼睛只盯着一个方向,不再去看周围。一切都一闪而过。她问自己,如果她走得离家越来越远,她的爸爸妈妈该怎么做才能找到她呢?

一到圣比森特,他们便径直去了主广场,去跟要把家里钥匙交给他们的人会和。他们在街心凉亭下等待,几分钟后,路易莎穿过马路去街角的商店。艾米莉亚和恩里克一起留在广场上。

路易莎买了牛奶、黄油、面包、一些奶酪、一点冷肉、一公斤苹果,还有一公斤橙子。

站在街心凉亭的紫藤花屋顶下,几乎感觉不到暑热。

---

① 圣比森特,布宜诺斯艾利斯省城市,距首都约52公里。

87

"你喜欢这里吗?"恩里克一边问艾米莉亚,一边用目光扫过整个广场。

艾米莉亚没有答话。

"这里真大啊,是吧?"

艾米莉亚重复着恩里克四下观望的动作。她看见一个警察朝他们走来。警察和恩里克打了个招呼,交给他一串钥匙。

"多漂亮的小姑娘啊,"他说,"她叫什么名字?"

"弗洛伦西亚。"恩里克回答。

警察补充说,煤气罐是新买的,厨房桌上有个记事本,上面有一些电话号码,以备不时之需。

度假屋在湖的正对面,有两层高。房前有一个大花园,种着果树和许多植物。晚上,路易莎会把所有窗户都打开,让湖畔的新鲜空气流通进来,令房子凉爽一些。她说这一带很空旷,阳光也更猛烈,会把墙和玻璃晒得很热,所以白天百叶窗是关着的,房子处在阴影之中。

恩里克在做烤肉,路易莎准备了艾米莉亚喜欢的巧克力甜点。吃过晚饭,他们坐在门廊下祷告。艾米莉亚已经跟恩里克和路易莎学会了祈祷,几乎可以同他们齐声祷告,只是有时会在中途停下来,因为她听到了脑中鸟儿呼扇翅膀的声音。她认得这只鸟,是在儿童院时在她身边飞来飞去的那一只。艾米莉亚学会了不止一种祷文。主祷文。圣母经。她可以整段背诵,几乎不出错,但脑中响起的振翅声有时会分散她的注意力。她努力把精神集中在祷文上,可一闭上眼睛,就会看到一轮正在移动的月亮,还有月亮边缘那群看起来马上就要跌落的孩子。

对于鸟儿和月亮,恩里克和路易莎都一无所知。

那晚睡觉前,艾米莉亚在敞开的窗户前站了一会儿。从二楼望过去,湖面显得更大。在高处一切都显得更大。她又问自己,谁会通知她的妈妈和她的爸爸,告诉他们她在圣比森特的一栋房子里,他们现在得来这里找她呢。

风吹向房子的那些夜晚,可以听到湖岸边杨树高高的枝条发出的声响。像一阵低语,也像一场潜入耳中的细雨。这栋房子有个很大的花园,里面种着果树和许多花。每天早上或下午,有时是早上和下午,恩里克都会开车出去兜很久的风,他总是带着艾米莉亚一起去。兜风的第一站是火车站。艾米莉亚喜欢火车,车轮和铁轨碰撞发出的声音,机器制动器的声音,通知到达车次的喇叭声。跟她和妈妈以前坐车的车站相比,圣比森特车站要小一些。恩里克和站长在办公室里聊天时,艾米莉亚在站台上等他,坐在墙上挂着的大时钟正下方那张为旅客准备的长椅上。还有些时候,恩里克会从站台的一端走到另一端,而在离开之前,他也会在长椅上坐下,挨着艾米莉亚。他们就坐在那儿,看着乘客上下车,直到恩里克决定站起来。

每到周末,落日时分,路易莎、恩里克和艾米莉亚会去湖边散步。小姑娘总是落后他们几步,而路易莎会叫她:"弗洛伦西亚,快点,弗洛伦西亚,别再磨蹭了。"直到他们又牵起她的手,然后小姑娘走在两人之间,被轻轻地拽着手臂。和以前在基尔梅斯时会努力望向河流最远处一样,在圣比森特,艾米莉亚边走边看着湖,意识到地平线现在不一样了。

艾米莉亚几乎整天都在画画。路易莎给她买了一本绘画卡纸,恩里克送了她一盒彩色铅笔和一盒水笔作礼物。但她不喜欢用彩笔画画,而是偏爱用黑色铅笔,再加上阴影效果。路易莎很喜欢她画月亮的画。路易莎说弗洛伦西亚画的天空是最美的。她画

89

火车、月亮、牛、星星。恩里克把这些画用冰箱贴固定在冰箱上,或是用透明胶把它们粘在门上。艾米莉亚画了一只叼着蚯蚓的飞鸟。路易莎把画折起来放在钱夹里,一直带在身边。有一天艾米莉亚画了一个女人、一个男人和一个小女孩,三个人手牵着手。有一晚她画了一个大眼睛的老妇人。路易莎对她说眼睛画得不好,艾米莉亚把它们涂掉,又画上更大的眼睛,还给她画了一双大耳朵。

"啊,"路易莎说,"这是《小红帽》里的外婆。"

艾米莉亚摇摇头,在眼睛上描了几笔。路易莎没有善罢甘休。

"这是童话里的外婆吗?"

艾米莉亚再次摇头否认,路易莎提高了声音。

"这是你的奶奶?"她问。

艾米莉亚继续画画,但点头表示肯定。

"你冷静点。"恩里克要求妻子说。

第二天,艾米莉亚起床后,发现她的画一张都找不到了。

"你不知道弗洛伦西亚的画在哪儿吗?"路易莎问恩里克。

"不知道,我没看到。可能在哪儿呢?"

艾米莉亚不想哭,她咬着嘴唇。

恩里克和路易莎做作的说话方式更浮夸了。

"但这怎么可能呢?"她说。

"简直是个谜!"他说。

"总会发生这样的事,我有些东西也消失了。"

"真的吗,路易莎?"

"真的,好几次我去找望远镜,怎么也找不到。"

"但这太奇怪了。"

"有时我想找一枚戒指,我总是放在这儿的桌子上的,可戒指却不见了。"

艾米莉亚忍不住哭了起来,而他们假装没有看见她。

"是精灵。"路易莎说。

"什么精灵?"

"精灵会开玩笑,把我们的东西从这儿带到那儿。"

"但他们是好精灵还是坏精灵?"恩里克问。

"要我说,"路易莎回答,"他们是特别好的精灵。对我好极了,过了一段时间就把东西都还给我了。"

"真的吗?"

"真的,有一天早晨我找到了望远镜,第二天晚上戒指也出现了,就是这样。"

自从她的画消失之后,艾米莉亚每天只画一幅画,总是同一张。她画的是她的妈妈和她的爸爸。她把自己画在两人中间,上面有一片星空,画纸的边缘是月亮。每天只画一张,总是同一张。画完之后,她会把纸卷起来,趁没人注意时跑到花园里,把画藏在薰衣草丛中。

每到星期天,恩里克会带孩子去圣比森特广场坐旋转木马,然后一起去吃冰激凌。有些时刻艾米莉亚觉得这里的旋转木马和阿莉西亚带她去坐的是同一个,在那些桑兹法官准许她去阿莉西亚家的周末。坐在木马上转圈的时候,她心不在焉地在广场的人群中寻找阿莉西亚。

"我在跟你说话,弗洛伦西亚。"恩里克责备道,"你要什么味道的冰激凌?"

每天,恩里克和艾米莉亚到火车站时,他都会和等车的乘客们

91

打招呼。他不认识他们,但会向每一个人问好,就好像那些人是他多年的邻居,有时他还会和某个人聊天。和他聊得最多的是车站站长。两人在办公室里时,艾米莉亚坐在站台的长椅上。今天,艾米莉亚刚坐下,就有一个戴着草帽、手里拿着文件夹的老头儿走了过来。站长告诉恩里克,这人在圣比森特是个新面孔,是几个月前搬来的,住在距离车站十或十二夸德拉的地方,在堡垒区第二棵棕榈树旁边的房子里。那个街区房子很少,街道是土路,也不通电。老头儿是个退休英语教师,站长叫他的绰号——堂贝多,街区的邻居都是这么叫他的,但他的真名其实是诺尔贝尔托·弗莱伊雷。站长说堂贝多总是很和善地打招呼,但有时脸色阴沉,等车的时候会在站台上走来走去,因为他不喜欢别人过来攀谈。堂贝多有着上了年纪的人典型的疲倦步态,但同时身体又很灵活。今天一到车站,堂贝多就看见艾米莉亚独自待在旅客们坐的长椅上,便在她身边坐了下来。她没去看他,但能感觉到他在观察她。

"你好。"堂贝多对她说。

艾米莉亚把手指埋进盘起的发髻里。

"你好。"她说,没有看他。

"你叫什么名字?"堂贝多问。

艾米莉亚没有回答,有几分钟,两人沉默地坐在那里。堂贝多看到了艾米莉亚腿上的伤痕。

"这是怎么回事?"

"我摔下来了。"她回答。

"还疼吗?"

"还行。"艾米莉亚说,耸了耸肩。

她说话的声音很低,但堂贝多听得很清楚。恩里克从站长办公室出来,看到他们,也在长椅上坐下。艾米莉亚被夹在两人中间。

"早上好。"恩里克打了个招呼。

"早上好。"堂贝多回答。

有一会儿,他们再次陷入了沉默。艾米莉亚在长椅上调整着坐姿,说不清为什么,她弯下腰,摸了摸自己的伤痕。

"看来火车要晚点了。"恩里克说。

"啊,像往常一样。"老头儿说,"你们是这里人吗?"

"对。"恩里克回答。

艾米莉亚一言不发,但她第一次看向了老头儿。

"我是说,您是这里人吗?圣比森特人?"

恩里克又确认了一次:

"我们一直住在这里。"

艾米莉亚又在长椅上调整了一次坐姿,嘴里感到一阵苦涩。三人之间的寂静持续的时间很短,但感觉上又很长。

"多漂亮的小姑娘。"老头儿说,"你叫什么名字?"

恩里克回答说小姑娘叫弗洛伦西亚,是他的女儿。

"弗洛伦西亚……"老头儿看着艾米莉亚重复道,"是个很美的名字。"

之后三个人都没再说话,直到去往孔斯蒂图西翁的火车到站;堂贝多和恩里克于是站起来相互道别,两人都很克制,尤其是堂贝多,道别时几乎没有看恩里克一眼。

每逢星期六,园丁都来得很早,一工作就是四五个小时,因为花园很大,也因为他干活儿有点慢。艾米莉亚在房间里画画,听到除草机的声音时,她从窗口探身张望,看到草坪上有两卷纸。园丁已经清理过薰衣草丛中的枯枝,把卷起来的纸也一道扔了。现在只剩下两卷纸了,从二楼房间的窗口,艾米莉亚看着它们如何消失在园丁的除草机下。她飞奔着跑下楼,来到花园里:机器马达的噪音震耳欲聋,园丁正将除草机推向最后一块未修剪的草地,搅碎了两卷艾米莉亚在楼上没能看到的画纸。除完草,他关掉机器,开始修剪常春藤。艾米莉亚跪在草坪上寻找着剩下的纸,新剪过的草坪的潮气让她觉得冷。她之前画的画一张都没有剩下,她只找到了几张碎纸片,已经不可能再把它们拼起来了,不可能用这些纸条组成一幅画。没有了除草机马达的噪音,一切回到了近乎寂静的状态,只听到园艺剪刀有节奏的声响。艾米莉亚把手指伸进嘴里,用唾液把它蘸湿,捡起被剪碎的纸片,把它们放在舌头上。路易莎透过厨房的窗户看到了她,正在叫她。艾米莉亚赶忙又用沾着唾液的潮湿手指捡起更多纸片,把它们塞进嘴里吞了下去。

"弗洛伦西亚!"路易莎大喊,从窗口探身出来,"弗洛伦西亚!"

艾米莉亚假装没有听到。她知道动作越快,能救回来的画就越多。用越来越快的速度,艾米莉亚用唾液把食指弄湿,手指伸向草坪,粘起一个纸片送进嘴里。

"你妈妈在叫你。"园丁对她说。

路易莎赶快从家里跑出来。

"你在干什么?"路易莎严厉地问。她身体的影子投射在草地上。

艾米莉亚没有回答。

园丁剪掉了常春藤最长的枝条,任由它们落在地上。

"我在跟你说话。"路易莎继续问,"你在干什么?"

艾米莉亚不想哭,咬着嘴唇。路易莎抓住她的一只胳膊,把她朝厨房拖过去。两人站在水槽前,路易莎把艾米莉亚的手放在冰冷的水流下,用几滴洗涤剂涂满她的掌心和手指。

现在,纸片在艾米莉亚的嘴里形成了一个球。艾米莉亚积聚起口水,把它吞了下去。

路易莎一边用沾满泡沫的手抹着艾米莉亚的嘴唇,一边责备她。

"你不能把随便什么脏东西都往嘴里放,亲爱的。"她说罢,又警告道,"你可能会中毒的。"

3月最后几天的一个凌晨,艾米莉亚被家附近的爆炸声惊醒。尽管已经入秋,这仍是一个炎热的夜晚。艾米莉亚躲在床单下面,把自己盖了个严实。枪声和炸弹声传过来。爆炸声持续期间,艾米莉亚一动不动,把全身都裹了起来。已经有熹微的光从窗外透进来,她终于又睡着了,尽管床垫是湿的,有尿味从床单上散发出来。

这个星期六,售票员到火车站的时间比往常晚了一点,他直接去了站长办公室,解释说自己迟到是因为街区里有军事行动。

"他们是凌晨到的,然后就朝着第二棵棕榈树旁边的房子开枪了。"

"我也听到了一点动静。"站长说。

雇员很震惊,他家离军事行动发生的房子只有三个夸德拉,他告诉站长,自己不得不绕了一大圈,因为现在所有路都被切断了。行动发生在特里乌维拉托街,但军队包围了整个街区,开了一个多小时的枪。到现在他们也不让附近的邻居出门。

"房子全毁了,"他说,"房顶都有一部分被炸飞了。"

"看来他们是在找一个左翼分子。"站长说。

"左翼分子?"售票员大吃一惊,"在这儿?在圣比森特?"

"还有游击队员。"

"我的上帝,可他们为什么朝堂贝多家开枪?"售票员说。

站长打开一个暖水瓶,给他倒了一杯马黛茶。

"你喝吗?"他问道。

"什么?"售票员继续问,"堂贝多是游击队员吗?"

这个星期六,中午之前,恩里克把艾米莉亚的床垫拿到花园里晾了起来。路易莎和艾米莉亚跟在他后面,但艾米莉亚走到门槛处就停了下来,站在那里看着他们。路易莎手里拿着一块蘸了水和氯的抹布,提议把床垫靠在李子树的树干上。恩里克试了试,但觉得行不通,因为树冠会挡住直射的阳光,最后他们把它靠在了一面院墙上。路易莎用蘸了氯的抹布擦洗污渍,那圈尿渍越来越淡了。中午,路易莎给三个人铺好桌子;盛着煎肉排和土豆泥的盘子放在餐桌中心,土豆散发着黄油的香味。他们三人在桌边坐下,但路易莎只给恩里克和自己的盘子里盛了菜。

"我给你倒点葡萄酒吗?"恩里克问路易莎。她把杯子递给了他。

艾米莉亚很安静,不知道自己该做什么,也不知道该看哪里。路易莎往他俩的盘子里盛了第二块煎肉排,又放了一勺土豆泥。

"真让人受不了,"路易莎说,仿佛艾米莉亚不在那里,或是变成了透明人,"现在她还开始尿床了。"

第二天,恩里克、路易莎和艾米莉亚去望 11 点的弥撒,回到家时,园丁正在大门口等他们。他摘下帽子,向他们问好。

"星期天在这儿看到您,真奇怪啊。"恩里克说。

园丁为昨天没能像每个星期六一样来工作而道歉。四个人站在桉树下太阳晒不到的地方。

"你们大概也听到那边的爆炸声了,"园丁说,"军队凌晨开进来,还带了炸弹,天哪。那些家伙数着一二三,然后就扔一颗炸弹。我们街区被警察和军队包围了,昨天中午之前我们根本没法离开家。"

路易莎忽然觉得鼻子一阵刺痛,用力按住了鼻翼。

"那么多炸弹可把我给吓坏了,吓得我躲到了床底下,抖得像片叶子,您瞧瞧。"

"我们听到了一点动静。"恩里克说。

"请您相信我,堂恩里克,我吓坏了。"

"他们抓走了谁吗?"

"没有,因为那个人当天正好不在家。"

"得万事小心,"路易莎说,"永远不知道……"

"您记得吗,堂恩里克,我跟您提起过我的邻居,那个老头儿,堂贝多,是个退休老师?"

"对,我记得。"

"嗯,他就是他们要找的人。他们凌晨一来就开了枪,我也不知道……得有一个多小时,我觉得。我那时正在睡觉。一开始是外面的光惊醒了我,整个街区到处都是开着车灯的卡车。然后马上就听见了爆炸声,听着像炸弹,可吓人了。"

"现在您应该试着忘掉这些。"路易莎说。

"我觉得他们这么对那个老头儿,真是大错特错了。"

"您还是把一切都忘了吧。"

"这可不容易,您看,"园丁说,"堂贝多是个好邻居,我们经常聊天。有时候我们会聊聊鸟。不往远处说,几天前他还请我帮他做个苗圃种生菜用。"

有的下午,堂贝多会从家里叫他,请他喝一杯杜松子酒。

"见鬼,他可真是个好人!总是带着他的书,他的文件,他也写东西。他想开始在门口那一小块地上种点什么,弄个菜园子,收获点蔬菜。"

"这很难说……"恩里克说,"他是掺和进什么事里了。听说他有武器。"

"不知道,在我看来他是个好人。我希望他还活着,我真的特别欣赏他,请您相信我。他们把他整个房子全毁了。我觉得他不会再想回这儿了,可怜的人。而且,那些可恨的家伙把他的家都搬空了,什么都带走了:厨房里的东西,书,连罐头都带走了。"

恩里克做了个微笑的表情。

"我跟您说真的,老板,除了菜园里的生菜什么都没剩下,只有这些了,但我心里想,我要帮他照顾这些菜。"

"您要进到那里边去?"路易莎问他,"继续过您的日子吧,我说,忘了这件事。"

"我自己想这么做,您看,我跟自己说,如果哪天堂贝多真的回来,他会发现一切都毁了,那好,至少他还有这些生菜。"

路易莎想说什么,但又把话咽了下去,三个人都一言不发。有一刻,有什么声音从桉树高高的树冠上传过来。园丁整理了一下他的帽子。

"可怜的堂贝多,"他说,"希望上帝知道如何保护他。"

艾米莉亚仍站在桉树下,独自一人。恩里克和路易莎穿过花园朝家里走去。园丁慢慢走远了。艾米莉亚在那里无法动弹。她不想进这个家,但是她能去哪儿呢?记忆回来,停下,后退,又前进。路易莎从窗户里探出身来。湖的尽头,看起来从来没有像今天那样遥远过。

"弗洛伦西亚!"她大喊,"你在那儿站着干什么?"

一个夜晚,晚饭后,他们来到花园,坐在帆布躺椅上。恩里克点燃一盘蚊香。蚊香的烟雾升起来,画着即刻便会消失不见的圆。远处传来蟾蜍一刻不停的叫声。蚊香的味道是一种浸入鼻腔的毒药。艾米莉亚感觉两腿怪怪的,像一个同时是一片混乱的空洞。她的爸爸妈妈是不是生她的气了?他们是不是不会来接她了?他们不要她了吗?

布尔萨科

4月初，西伦特夫妇在布尔萨科买了一栋房子。起初路易莎建议恩里克另找地方，她害怕孩子还记得法德尔街上和她的父母一起住过的房子，但恩里克告诉她那地方在车站的另一边，他们永远不会穿过那条隧道，这说服了她。因为房产证有点问题，桑兹法官帮他们以低于市场价一半多的价钱弄到了这栋房子。买卖合同很快就签好了，一切顺利。

只消一天，西伦特家就从圣比森特搬到了布尔萨科。新家离教堂和主广场只有两夸德拉的距离。他们给艾米莉亚在教会学校注册入学，登记的名字是弗洛伦西亚·西伦特，1971年7月1日出生于洛马斯德萨莫拉，恩里克·西伦特与路易莎·富内斯之女。

路易莎在街角书店买了老师要求的所有东西：一个笔记本，一支黑色铅笔，一块橡皮，彩色铅笔，一个卷笔刀，坎松牌白纸，两张彩色卡片纸。她还买了五十个标签。路易莎把"弗洛伦西亚·西伦特"写在一张标签上，要求艾米莉亚在剩下的标签上写好同样的名字。艾米莉亚还不会写字。

"这样，"路易莎说，把标签拿给她看，"和这个一样，把你的名字写在所有标签上。"

桌上还有一卷白色胶带，印着一百个"弗洛伦西亚·西伦特"。恩里克在三个笔记本的扉页写上"弗洛伦西亚·西伦特"。

路易莎在白色的小标签上写上"弗洛伦西亚·西伦特",把它们贴在每一支铅笔上。恩里克在铅笔盒外面和书包上的姓名牌上写下"弗洛伦西亚·西伦特"。路易莎用涂不掉的黑色水笔在运动服和外衣上写下"弗洛伦西亚·西伦特"。

> 弗洛伦西亚·西伦特。
> 弗洛伦西亚·西伦特。
> 弗洛伦西亚·西伦特。
> 弗洛伦西亚·西伦特。

艾米莉亚在每张标签上抄写这个名字。

"把圆珠笔再握紧一点,"路易莎说,"这样会写得更好。"

艾米莉亚已经写好了一半的标签。她的手指疼,胃也疼;艾米莉亚·达帕达也疼,她的名字,悄悄滑走了。

上课第一天,老师在每个学生面前停下,请他们说出自己的姓名。轮到艾米莉亚时,她一声不吭。老师问她:

"你叫什么名字,亲爱的?"

艾米莉亚没有回答。老师和她说快一点,她正在浪费大家的时间。她看着老师,仿佛在祈求她。

"好吧,"老师说,"你不告诉我们你的名字,我们就不能进行下一步。"

她的同桌低声对她说:

"好了,快说你的名字。"

艾米莉亚又看向老师。

"快点,"老师说,"告诉我们你是谁。"

另一个同学从最后一排走了过来,艾米莉亚没有看到他。这个同学对着她的耳朵大叫了一声,她打了个哆嗦;那个问题回荡在

她脑中,那叫声令她颤抖:

"你叫什么名字?"

有些日子里,一个老妇人会大叫着从通往车站的路上走下来。疯女人,所有人都这样叫她。她骨瘦如柴,驼着背。她用一块旧头巾包着头发,穿着拖拖拉拉的大鞋子。她的腿瘦骨嶙峋,目光散乱。疯女人会来到广场,靠在国旗纪念碑上,开始大声叫喊。没有人明白她在喊什么,也不知道她说的是哪种语言。她说完自己要说的,然后便会离开。有时候,在离开之前,她会绕着广场兜圈子,也是边走边喊。有些人认为这妇人没有疯;他们说她是个乞丐,然而每当有人靠近她想给她几枚硬币时,她都会拒绝。她也不要人们施舍的食物。疯女人大声叫喊,仿佛有人正在撕扯她。没人理解她,没人想在一片寂静中听到这叫喊声。神父说她是从俄国来的,是个共产党,但没人确切地知道真相。那位音乐老师,去年正要进学校上课时被军人带走的那一位,以前常常和她的学生说疯女人曾经是个正常人,像所有人一样,结了婚,有很多孩子,但在一场事故中失去了他们所有人,因此才会变得这么疯;自从失去了亲人,她便开始绝望地叫喊,为他们,为了让他们回来。

她不记得当时自己在哪里,但那是一个空旷的、相当大的地方。记忆联结,点亮,变暗,又重燃。当时她独自一人,感到害怕。当时有一棵橙树,忽然间,两三个橙子落在了地上。那一刻她吓了一跳;现在,同样的恐惧又回来了。

1980

如此轻易地,一个人藏在他人身上;
而显然,每个人,作为所有人,
无法逃离任何一个人。

——E.E.卡明斯[①]

[①] E.E.卡明斯(1894—1962),美国诗人、画家、评论家、剧作家。

布尔萨科

星期天 11 点的弥撒快要结束了。弗洛伦西亚已经九岁了,但路易莎还是让她扎着很高的麻花辫去上学,只有周末允许她披散着头发。神父在为面饼和酒祝福。因为星期天有很多信徒领圣体,神父请了赫克托尔·布斯托斯来帮忙主持圣餐仪式。信徒们都明白,从神父手中还是执事手中领圣体,其价值是相同的,但几乎所有人——包括路易莎和恩里克——都更愿意从神父手中领,因此两个人面前总会有两条分开的队伍。

"现在我们分成两队过来,"神父对信徒们说,"领受基督的圣体。"

路易莎、恩里克和弗洛伦西亚从长椅上站起来,来到神父面前的队伍里。弗洛伦西亚朝祭坛走去,走在路易莎之后,恩里克前面。路易莎用手指轻轻按了鼻头好几次。信徒们一边朝祭坛走去,一边齐声唱着"带我去人们需要你的言语之地/需要我生活的愿望之地/哪里缺少希望/哪里缺少欢乐/只是因为不知道你"。

在神父面前排起的领圣体队伍要长得多。弗洛伦西亚想换到另一边去,但站在后面的恩里克把手放在她肩上,阻止了她。就在布斯托斯队伍里的最后一位信徒完成领圣体仪式时,神父那边的队伍刚好轮到路易莎。神父朝她打了个手势,让她和队伍中的其他人换到另一边去。路易莎没能掩饰自己的气愤,尽管她马上就要领圣体了。她、恩里克、弗洛伦西亚和另外六个人换到了布斯托斯面前的队伍里。

"基督的圣体。"布斯托斯说。

"阿门。"路易莎回答。

布斯托斯看着弗洛伦西亚,朝她微笑。她也还以微笑,面带羞涩。

"基督的圣体。"

"阿门。"弗洛伦西亚回答。

"基督的圣体。"

"阿门。"恩里克说。

三个人走回长椅处,跪了下来,闭上眼睛祈祷。祷告结束后,他们站起来,继续和其他信徒一起唱圣歌。弥撒最后,神父举起双臂,仿佛那是一个敞开的竹篮,然后望向信众,努力让所有人都进入自己的视野。

"愿主与你们同在。"神父说。

"也与你的心灵同在。"人们齐声回答。

一只苍蝇绕着路易莎的头顶飞来飞去。

"愿全能天父的慈爱,"神父举起一只手,在空气中画了个十字,"圣父、圣子、圣灵,降福给你们,永远与你们同在。"

所有人都跟着画十字。

"阿门。"人们齐声说。

"兄弟姐妹们,弥撒礼成。"

"感谢上帝。"所有人齐声说。

信徒们一边依次离开,一边唱着另一首歌:"主啊我想告诉你/一件正发生在我身上的事/在这寂静之中/有个声音在呼唤我/那声音对我说/让我告诉我的兄弟/带着享受与欢乐/高唱我的歌……/回家吧,我的兄弟/回家吧/因为主,怀着爱/将心生欢喜,将你拥抱……/因为迷途知返/是想要找到平静。"①

弗洛伦西亚跟着恩里克和路易莎走在教堂一侧的过道上。由于人非常多，向前移动的速度很慢，人群久久无法散去。弗洛伦西亚看起来很高兴，朝走过身边的人们报以微笑。艾尔米妮亚走在她后边，不小心踩到了她的脚后跟，几乎碰到了她。小姑娘转过身来。艾尔米妮亚朝她微笑，然后摸了一下她的头，那是一个爱抚的姿势，带着歉意。小姑娘也朝她微笑。路易莎和恩里克什么都没有注意到。艾尔米妮亚用手势向她抛了个飞吻。弗洛伦西亚很配合地在空气中抓住那个吻，把它装进口袋里。两个人又相视而笑，弗洛伦西亚笑得有些羞涩。她又回头看向后面，现在她看到所有人的身躯如何在前行和移动中朝同一个方向、以同一种节奏聚集，分离，又聚在一起。每当人们分开时，她观察着一个身体与另一个身体之间的空隙。透过其中一个空隙，她远远地看到了波莉，她在教会学校的朋友。波莉一个人在祭坛上，在台阶上跳上跳下。弗洛伦西亚看见朋友的笑容，决定过去找她。她转身朝祭坛走去，和其他人方向相反——他们都在往街上走。她在一个身躯和另一个身躯的空隙间滑过去。朝与人群相反的方向走让她觉得很吃力。路易莎和恩里克继续向出口走去，并未注意到弗洛伦西亚没和他们在一起。艾尔米妮亚已经到了门廊，她走出大门，朝着广场的方向快步过了街。在离开教堂之前，路易莎和恩里克才意识到弗洛伦西亚没跟他们在一起。他们等了她几秒钟，然后走出教堂，想看看她是不是在外面等。没有。于是他们又回到教堂，沿着已经相当宽敞的主过道，焦急地向祭坛走去。一群信徒看到路易莎和恩里克半跑着，便在教堂大门口停了下来，观察着他们。这六七个人明白，有什么严重的事情发生了，他们想知道究竟发生了什么。路

---

① 天主教歌曲《回家》的歌词。

易莎和恩里克站在祭坛的大理石台阶上,向教堂四周看去。他们努力叫着弗洛伦西亚,但声音很低。他们控制着音量,喊着她的名字。由于孩子并未出现,路易莎和恩里克开始绝望地四处寻找。他们从祭坛周围的一扇门走了进去。在他们打开的第一道门后面,一个女人正在数着弥撒上筹集来的善款。女人吓了一跳,手中的硬币掉落在地上。恩里克向她道了歉,把门关上。他们又打开了旁边通往忏悔室的门。神父正在把罩袍和圣带挂在衣架上,只穿着一件背心,恩里克和路易莎进来时把他吓得跳了起来。

"神父,"恩里克气喘吁吁,说话有些费力,"我们找不到弗洛伦西亚了,我们想……"他没能说完那句话。

路易莎内心正备受煎熬,她把手伸进钱包,掏出一张卢汉圣母的画片,把它贴在嘴唇上亲吻。恩里克绞着手指,但仍然试着保持平静。神父把衣架挂在一个衣柜里,三个人走出房间。

"去外面找过了吗?"他问他们。

"所有地方都找过了,神父。"路易莎回答他,"没有,她没在任何地方。我的上帝啊,神父,如果她被绑架了呢?"

"您在说什么啊,路易莎?拜托!"

一个女人从教堂门口观望的人群走向了他们。

"我看见她和奶奶在一起,刚才她们就走在我旁边,她很好,她们俩还朝彼此飞吻。"那女人说,"孩子肯定和她在一起呢。"

"什么奶奶?"恩里克问,"什么奶奶?"

"我没看到她出去,但她们肯定一起走了,也许是去广场上了。"那女人补充道。

"什么奶奶,我的天啊,什么奶奶,什么奶奶?"

布斯托斯看到他们三个站在祭坛台阶上,神情绝望,于是也开始帮忙找人。四个人在教堂里走来走去,就像是在搜查这里。路易莎拿着圣母画片,将紧闭的嘴唇贴在纸片上,之后又用手紧紧捏住它。路过忏悔室的时候,布斯托斯探身朝百叶窗看过去,但里面一片黑暗,从外面看不到弗洛伦西亚和波莉藏在里边。她们倒是看到了布斯托斯,一个正朝前走的影子,贴在百叶窗上,让狭小的空间在那一刻更黑暗了。有人想找她们但又找不到,让两个孩子觉得很好玩,她们得拼命忍住笑意。当影子离开百叶窗时,光再次从窗缝里透进来,微微照亮了她们的脸。弗洛伦西亚和波莉躺在地上,忍不住笑出了声,被布斯托斯听到了。执事又走回忏悔室,打开了门。看到她俩时,他长舒了一口气。

"你们躲在这黑漆漆的地方干什么?"他对她们说,"弗洛伦西亚,你的家人在找你呢。"说罢,他立即看向祭坛,扬声对西伦特夫妇和神父说:"她们在这儿。"他几乎是在喊了。

在教堂大门口观望着一切的六七个人也将目光聚集在忏悔室那边,布斯托斯的喊声是从那里传过来的。听到消息,神父松了口气。

在大门口,有三个人往前走了几步,观察着面前的场景,试图弄明白究竟发生了什么。路易莎和恩里克跑过来,因为恐惧和折磨而气喘吁吁。弗洛伦西亚和波莉仍在忏悔室里大笑。恩里克在路易莎身后抱着手臂。路易莎将半个身子探进忏悔室里,打了弗洛伦西亚一巴掌,拽住她的一只胳膊,粗鲁地把她拖了出来。两个女孩仍然在傻笑,而笑声令路易莎更加怒火中烧。看到路易莎失控的样子,波莉害怕地跑开了。

"冷静点,路易莎。"神父说,"重要的是已经找到她了。"

"只是个孩子的游戏,"布斯托斯说,"她还是个孩子。"

现在已经有十个人在教堂门口看着里面的场景。一个女人压低声音评论着这对父母,一个男人说了句关于那孩子的话,声音也很小,这群人为了听清楚他在说什么,彼此离得更近了。哦。啊。这我以前就知道。第一个开腔的女人又补充了几句关于西伦特夫妇的话。

忏悔室旁,路易莎一手抓着弗洛伦西亚,另一只手里是圣母画片,现在她用抓着孩子的力气紧紧捏着画片。恩里克在原地沉默不语,看着弗洛伦西亚。路易莎猛地摇了摇她的手臂,她这才不再笑了。她被拽得很疼,皱起了眉头。路易莎使劲摇晃着她,越来越重地握紧她的手臂,直到让她哭了起来。收集善款的女人已经把地上所有硬币都捡了起来,走出房间。她太清楚发生了什么,但既不想问神父也不想问布斯托斯,便走到了大门口看热闹的人群旁边。一个人告诉她那女孩之前和奶奶在一起,另外一些人说她差点被绑架了。

"上帝啊,绑架一个小孩,"收集善款的女人说,"我们这是生活在什么世界里啊!"

恩里克一言不发地看着弗洛伦西亚。现在,弗洛伦西亚的哭声激怒了路易莎。她就要爆发了。她朝弗洛伦西亚俯下身,两人离得非常近,面对面。俯下身时,路易莎没有注意到圣母画片从手中掉落,皱巴巴地躺在地上。大门口看热闹的人群一起离开了教堂。路易莎仍然抓着弗洛伦西亚的手臂,对她大吼:

"这是你最后一次对我做这样的事!"

吼声在空旷的教堂里回荡着。

"你不要再和妈妈分开了。"

疯女人一早就到了广场,一边绕着国旗纪念碑走一边大声喊叫。路易莎去接弗洛伦西亚下游泳课,为了不撞上疯女人,她绕开了广场。弗洛伦西亚总是在更衣室门口等她。路易莎禁止她独自离开那里,连在人行道上等她都不行。回家的路上,她们从教堂门前走过,听见疯女人的叫喊声仍在广场上回荡。路易莎加快了脚步,让弗洛伦西亚也赶快走。两人都没有去看喊声传来的地方。

"真是个恶心的疯子。"路易莎说,两人在沉默中走进家门。

弗洛伦西亚倒在客厅的扶手椅上,脱下鞋子躺了下来。她又累又困。半梦半醒中,她好像记起了什么,但不知道那是真实发生过的事还是自己想象出来的:她光着脚,沿着走廊朝饭厅走去,天很冷。忽然一切暗了下来。一个叫艾米莉亚的小女孩被困在了黑暗中。在那里,她叫着她的妈妈。弗洛伦西亚听见艾米莉亚说:"妈妈!"

"弗洛伦西亚!"路易莎从厨房叫她,"你在哪儿?"

路易莎从门口探身,叫醒了她。

"现在还没到睡觉的时候。"她说。

她问起游泳课怎么样,在弗洛伦西亚回答之前,急着补充道:"把鞋从垫子上拿走,你这样会把垫子弄脏的。"

布宜诺斯艾利斯

阿莉西亚·伊巴涅兹穿过五月广场，走进旁边街上的一家酒吧。被儿童院没来由地解雇后，她就在经济部工作，每天早上9点上班，下午2点离开。她不喜欢自己的行政工作，但还没办法辞职。她的工资很低，上班要花不少交通费，每天要在从阿德罗奎来的路上浪费好几个小时，但这些年来，她都没能找到别的工作。

服务生给她端来一杯双份咖啡和一片烤面包。阿莉西亚一边读着报纸上的演出信息，一边吃东西，时不时地抬起头来看一眼对面墙上开着的电视。快讯预告道："现在我们正在和五月广场上的团队连线。"

女记者的声音播报着新闻，电视画面上出现了为寻找孙辈而抗议游行的"五月广场祖母"。她们高举着印有失踪孩子们照片的标语牌。

"游行刚刚结束，"记者说，"这是祖母们为寻找孙子孙女而组织的又一场游行。"她还补充道："'五月广场祖母'已经查清了五起失踪案。"

有一会儿，镜头对准了被高举着的失踪男孩女孩的照片。当镜头转向这些祖母时，可以看到她们中的很多人都把照片贴在了胸前。

"我们想知道我们的孙子孙女在哪儿。"其中一位祖母说。她的声音听起来很绝望。

"请告诉我们他们在哪里,我们有知情权。"另一位说。

阿莉西亚无法将目光从荧幕上移开。

"他们把我女儿带走时,她已经怀孕八个月了。"

"我女儿当时怀孕四个月。"

"我儿媳还有两星期就到预产期了。我孙子现在应该已经满四岁了。"

"他们把我外孙和他妈妈一起带走了,从那以后我们就再也没有他们的消息了。我女儿那天早上带他去了医院,孩子当时六个月,现在该满四岁了。"一位祖母说,展示着一张卷发婴孩的照片。

"他们在哪里?我们需要知道,我们想让他们说出这些孩子在哪儿。"

在广场上的记者说,现在大约有五百名被绑架的儿童在以虚假的身份生活。

吉卡和艾尔米妮亚走进酒吧。

酒保问阿莉西亚能不能现在付账,因为他要下班了。她又点了一杯咖啡,然后付了钱。

吉卡和艾尔米妮亚是从电视上正在转播的游行过来的。吉卡带着两块标语牌,一块上面是她外孙刚出生时的照片,另一块上是艾米莉亚五岁时的照片,披着乱乱的头发。吉卡想找一张角落里的桌子,靠窗,远离电视。艾尔米妮亚跟着她。她们小心翼翼地把标语牌靠在墙上。

"今天我的腿肿得厉害。"吉卡说着,用力脱掉了鞋。

阿莉西亚抬起视线,看到了她们。她认出了她们,她们刚刚在电视上出现过。她仔细地看着她们,注意到两人浮肿的双脚已经高出了鞋面。墙上靠着一张坐在小车里的女婴照片。阿莉西亚回到刚才在读的报纸上,但一点也读不进去了。和吉卡一样,艾尔米妮亚也脱掉了鞋。

"我的脚也肿了,"艾尔米妮亚说,"咱们把腿抬起来一点。"

两人把脚架在对面的空椅子上。

阿莉西亚听不到她们在说什么,因为她的桌子离她们的很远,而且电视的声音盖过了交谈声。

酒保把茶端给吉卡和艾尔米妮亚,注意到她们架在椅子上的脚,不满地摇了摇头。

"就一分钟,"吉卡对他说,"让它们消消肿。"

吉卡外孙的照片往下滑了一点,尽管没有倒在地上,还是露出了后面的一张照片。阿莉西亚看到了艾米莉亚。在照片上,她的年纪和在儿童院、和阿莉西亚带她回家时一般大,披着一头乱发。记忆保存,流动,平静下来,反复确认,犹疑不定。这应该是她进儿童院之前的几天拍的照片。艾米莉亚·达帕达,照片下面这么写着。阿莉西亚从来不知道她姓什么,但那是她,是艾米莉亚。吉卡与艾尔米妮亚低声交谈着。阿莉西亚撕下报纸的一角,记下"艾米莉亚·达帕达"。

布尔萨科

路易莎不喜欢弗洛伦西亚去波莉家玩,因为她住在车站的另一边,离法德尔街974号只有一夸德拉的距离。因此,波莉邀请弗洛伦西亚时,路易莎从来不许她去。但这个星期天,由于恩里克帮着说情,弗洛伦西亚第一次获得了准许。恩里克和弗洛伦西亚走在路上,手牵着手。从法德尔街的房子前走过时,他的脚步加快了一些。

弗洛伦西亚和波莉有一整个下午可以一起玩。恩里克会在7点左右来接她。家里只有她们俩,两人坐在门廊的地上。

"咱们互相讲秘密吧?"波莉说。

"哪种秘密?"弗洛伦西亚问。

"自己的秘密,没跟别人讲过的那种。"

弗洛伦西亚点点头。

"从你开始。"波莉说。

"不,你先开始。"

波莉严肃起来。她靠近弗洛伦西亚,对她耳语:

"我妈妈和我爸爸光着身子躺在床上,还互相亲。"

弗洛伦西亚笑起来。

"我跟你保证是真的。"波莉对她说,"到你了。"

"我什么?"弗洛伦西亚耸耸肩,问道。

"告诉我你的秘密。"

弗洛伦西亚故作思考状：

"我没有秘密。"

"你一个秘密都没有？"波莉问。

"没有。"

"注意，"波莉不想结束游戏，"也可以是你妈妈和你爸爸的秘密。"

"我没有任何人的任何秘密。"弗洛伦西亚说。

苏 黎 世

丽娜在黑吉巴赫街上朝家的方向走着。时值初春,天气已经暖和了许多。她走得很慢,但还不想开始用拐杖,虽然最近一次复查时医生建议她这么做。她从药房出来,去那儿买了这个月要用的药;回公寓之前,她打开信箱,看到一封从阿根廷寄来的信。于是她赶忙上楼,气喘吁吁地回到家里,打开信封读了起来:

布宜诺斯艾利斯,1980年4月2日,星期三

亲爱的丽娜:

我们写信给你,想告诉你一个重要的消息。今天游行结束后有人过来找我们,因为她认出了你孙女艾米莉亚的照片。她当时非常紧张,但最后我们总算说上了话。阿莉西亚,她和我们说她叫这个名字,很确定孩子当时在隆尚的儿童院,那是1976年。阿莉西亚当时在那儿工作,曾经数次带艾米莉亚回自己家,许可是桑兹法官批准的,就是那个多次声明不知道你孙女情况的人。是的,亲爱的丽娜,桑兹法官在1976年把你的艾米莉亚送进了隆尚的一个儿童院,同一年,她又把孩子送给人"收养"了。那之后阿莉西亚再也没见过孩子,但在这么多年的寂静之后,这毕竟是一个重要的信息。

丽娜中断了阅读,把脸埋在手心里,哭了起来。

我们想在你回来之前先着手处理这件事情,但我们需要你签一份授权书,在埃塞萨签的那份没有用,因为授权书需要认证。丽娜,我们不想让你空欢喜一场,之前虚假的蛛丝马迹太多了……我们要谨慎,但也不放弃希望。现在我们正在等阿莉西亚的电话。她被儿童院辞退之后,就再也没回过那里,但她跟我们说也许能发现有助于找到艾米莉亚的线索(我们觉得是通过儿童院里的某个人)。我们能想象你现在的感受,向你遥寄一个紧紧的拥抱。买好票就通知我们你的启程日期,我们好去埃塞萨接你。

一个吻,

吉卡和艾尔米妮亚

午后,丽娜沿着黑吉巴赫街走到苏黎世湖边。玫瑰丛里满是即将萌发的新枝。她找了一张阳光下的长椅,离湖最近的那一张。晚些时候她会去买机票。现在她在重读那封信,一遍又一遍。她得开始安排一切,付清账单,收拾行李,再买些药带着,但现在她什么都做不了,除了坐在这里,想着已经发生的一切,以及接下来的日子里可能发生的一切。

回家之前,她朝湖的方向抬起头,寻找地平线。

布尔萨科

电视机上有一尊卢汉圣母的小瓷像。路易莎和弗洛伦西亚坐在桌边吃午后点心。路易莎烤了一个苹果肉桂蛋糕。弗洛伦西亚在看电视上放的《海蒂》。和每个下午一样,她一头扎进剧情里,并没有仔细去听路易莎问她的那些问题。厨房台面上放着路易莎准备点心时用过的工具:蛋糕模子,切蛋糕的刀,几枝肉桂,装着一袋奶的容器,核桃壳,一盒巧克力粉。桌上是蛋糕,小碟子,餐具,一杯给弗洛伦西亚的巧克力牛奶和一杯路易莎喝的茶。弗洛伦西亚吃着蛋糕,视线没有从电视上移开。路易莎想知道她参加的祷告小组的事情,问她是不是所有的女同学都去了,最近一次她们在为什么事情和什么人祷告。弗洛伦西亚没有回答,她聚精会神地看着电视,边看边笑,时而很惊讶,然后又笑了起来。

"蛋糕怎么样?"路易莎问她。

弗洛伦西亚没有回答。

"好吃吗?"她坚持问。

弗洛伦西亚点点头。到放广告的时间了。

"现在把牛奶喝完。"

广告被一条插播的新闻打断。一个年轻女记者正在报道五月广场上祖母们的示威活动。

"在独裁统治期间失踪的孩子约有五百人。亲属报案中包括了在母亲被监禁期间出生于秘密羁押中心的孩子,以及多起绑架四五岁儿童的案件。"

"可怜的孩子。"路易莎愤怒地说。

女记者预告说,明天将有一场圆桌会议,嘉宾们将会就被收养儿童继续和养父母生活的重要性展开辩论。强迫孩子们接触他们的亲生家庭是好是坏?现在这些孩子生活得很好,在给他们爱的家庭中长大,得到了良好的教育,有着光明的未来,而他们已经年迈的祖母们有什么权利提出这样的要求?如果这些孩子当时是被收养的,现在有可能谈论绑架吗?

"说得很好。"路易莎对着电视上的记者说。"'绑架',"路易莎语带讽刺,"现在这些老太太要告'绑架',真不要脸啊。"

路易莎沉默了一会儿。她用一只手拂过桌布,清理落在上面的蛋糕渣,然后把它们放进了嘴里。

"上帝对你很慷慨,弗洛伦西亚。"她说,脸上的表情越来越不高兴,一边用手按着鼻翼,"他把你带到了这儿,拯救了你。"

弗洛伦西亚点了点头,但是她想改变话题。

"对,今天我们所有人都去了,修女让我们为一个非常需要祈祷的人祈祷。她没告诉我们这个人的名字。"

路易莎一时难以回答,她得先努力把自己的怒气放在一边。

"也许是她们认识的修女生病了,"路易莎想了想说,"真令人伤心。"

"不,不,我们是为一位妈妈祈祷的,她住在修女们工作的街区。那孩子生下来几个小时就死了。修女和我们说,那个妈妈非常伤心,因为失去一个孩子是最大的痛苦之一。"

"这是修女说的?"路易莎怒气攻心,"你看看,修女。一个修女知道什么失去孩子的事?"

弗洛伦西亚什么都没说,她一动不动地坐在那儿,一声不吭。

"蛋糕怎么样啊？你至少能告诉我你喜不喜欢，对吧？"路易莎不满地说，几乎要大喊起来，"我整个下午都在给你做饭。"

电视上的广告放完了，继续播起了《海蒂》。路易莎站起来，朝电视走过去，抓起卢汉圣母的瓷像亲了一口，然后把它放在两人吃点心的桌子上，仿佛那是一个咒语。在把圣母像放好之前，她首先要确保桌面是平整的，以防瓷像掉在地上；然后用手掌抹了抹桌面清理蛋糕屑，抻抻桌布抖掉褶皱，确认圣母站得很稳，这才回到座位上。弗洛伦西亚咬着嘴唇。

"对，非常好吃。"她说。她想取悦路易莎，说点能让她平静下来的话："我再吃一块。"

起身拿蛋糕的时候，她一不留神，身体将桌布带向了自己这边。圣母像失去了平衡，摇摇欲坠。路易莎朝小瓷像冲过去，在它掉落之前抓住了它。她用双手把圣母像捧在胸前，虚弱地闭上眼睛亲吻她，然后画了个十字，又吻了一下圣母像，努力恢复着呼吸。

"你要干什么?!"路易莎大吼，"你为什么不能小心点?! 你怎么能把圣母摔在地上！"

"不，我不是故意的。"

"听着，如果你把它打碎了……"路易莎打断她，"从结婚那天起，圣母就一直和我们在一起。这是我妈妈送的结婚礼物。"

弗洛伦西亚被路易莎的反应惊呆了。

"圣母也帮助了你，帮你得到了现在的生活，因为我们。而你却差点把她打碎了……?"

弗洛伦西亚不敢出声。路易莎坐下来，几乎是重重瘫倒在了椅子上。

"不要不知感恩，孩子。"

路易莎把圣母像按在自己胸前，闭上眼睛。

弗洛伦西亚走到她身旁，在椅子边上跪下，抱住了她，两个人都哭了。

"我的上帝,"路易莎哭着说,"希望圣母现在不要抛弃我。"

星期天一早是阴天,10点多开始下起了雨。疯女人在广场上,走在雨中大声叫喊。这天有雷暴,不到半小时街上就积满了水。大部分信徒决定缺席弥撒,留在家中。天空越来越暗,11点前下了一阵很猛的冰雹,前后持续了超过十分钟。疯女人靠在国旗纪念碑上避雨,继续叫喊着。教堂里有五六个信徒。神父正要开始做弥撒时,听到叫喊声从广场传来。以圣父、圣子、圣灵的名义。

下午2点半,丽娜下了火车,走进平行酒吧。她又一次感到心要从嗓子里逃出来;她得尽快再做一次心脏检查。费尔米娜在最里面的桌旁等她。她们握了手打招呼。丽娜感谢她同意与自己见面。

"我孙女在儿童院待了多长时间?"丽娜问。

"不到六个月。"

"那时候她是怎么来的?谁带她来的?应该有入院和离院的记录吧?"

"对,"费尔米娜叹了口气,"是有记录,但记录缺了很多信息。而且,那年的记录少了几页。"

两人沉默了一会儿。费尔米娜不知该怎么说。她很难过,用不大不小的声音说:

"在官方文件里我们没有艾米莉亚的入院记录。"

哑巴朝她们坐的桌子走过来,两个人点了茶。丽娜去了趟洗手间,回来后她觉得很难再继续谈话。费尔米娜也不知道该说些什么。

哑巴端着她们要的茶走过来。

"艾米莉亚那时画画吗?"丽娜问。

"经常画,"费尔米娜回答,"她画的画非常漂亮。"

"她问起妈妈了吗?"

哑巴把茶杯、茶壶、装在小盘子里的几片柠檬和两杯水放在桌上。

"她几乎不说话。夜里经常哭,一直哭到睡着。周末她跟阿莉西亚回家,她喜欢跟她在一起,但每到星期天晚上要回来时就会很难过。阿莉西亚大概也告诉您了。"

"对,我在艾尔米妮亚家见到了她,她跟我说了。她还告诉我有一天她突然就被辞退了。"丽娜说。

"不完全是这样。确实有人想控制她。那时桑兹法官总给我打电话,索拉将军每周都来见我一次,这两个人快把我逼疯了,我已经为阿莉西亚做了能做的一切。"

"她是个好人。"

"是的,但她的问题太多了,特别是关于艾米莉亚的:她想知道谁是艾米莉亚的父母,他们出了什么事。当他们知道她想收养艾米莉亚时,大发雷霆。阿莉西亚被解雇时,对我生气了;那之后我再也没见过她,直到几天前她打电话来,告诉我您在找艾米莉亚。"

哑巴用一块湿抹布擦着空桌子。他主动提出给她们加热沏茶的水。

"我想给您看些东西。"

费尔米娜从尼龙袋里拿出一个用麻绳绑着的笔记本。本子侧面贴着一个标签,上面写着"1976年"。

"这是我的记录,私下里做的,没人要求我这么做,也没有法律效力。这些记录也不全,所以我不知道对您来说有没有用处。

我有每个孩子的记录,但也不是一直有时间记下所有的事情。"

费尔米娜翻找着有艾米莉亚入院记录的那一页。尽管之前用记号笔画了下来,现在她还是找得很费力,来来回回翻了很多次。终于,她找到了那一页,把打开的笔记本递给丽娜。丽娜读着:

1976 年 7 月 17 日:一个叫艾米莉亚的五岁女孩来到儿童院。目前她的姓氏不明。从洛马斯德萨莫拉未成年人法院的桑兹法官处转来。没有证件。孩子仪表整洁,营养充足,衣着不俗。是个非常聪明机警的女孩。寡言少语。

丽娜喝了口水。哑巴端来装满热水的茶壶。

1976 年 8 月 1 日:艾米莉亚几乎整天都在和她的娃娃艾米玩。她瘦了。总在画画。拒绝为画的画上色。她不喜欢吃这里的饭。晚上会哭。

丽娜的眼睛干涩,她继续读着:

1976 年 8 月 31 日:艾米莉亚离开儿童院,去阿莉西亚家过周末。阿莉西亚说她很开心,吃饭吃得很好。晚上睡觉前她还是哭了。做噩梦:喊妈妈。

1976 年 11 月 26 日:从小飞机上坠落,伤口,在医院得 3 分。

本子里有一张折起来的纸。费尔米娜已经不记得那是什么了。丽娜把纸展开,铺在桌上。费尔米娜仍然没想起这张纸,但在一处折痕上看到了自己的笔迹,她出声读着自己八年前记下的笔记:

1976 年 12 月 14 日。艾米莉亚的最后一张画。是在等他们来接她时画的。

在这张纸的左上角,画着一个手臂和腿支离破碎的小女孩。长头发,眼睛很大,没有嘴巴。

隆　　尚

这个星期天的晚上,丽娜打电话给儿童院。孩子们已经睡了。

"不,不,没关系。"费尔米娜说,"但您尽量不要打电话到这里来找我。出什么事了?"

"您跟我说孩子的娃娃留在了儿童院里。"

"对,他们不想让她把它带走。"

"您还留着它吗,费尔米娜?"

"很可能还留着,我什么都不扔,但您得给我几天时间检查地下室里的箱子。"

"下周中我打给您,可以吗?"

"不,最好是我打给您,但我不能向您保证一定会找到它,谁知道这个娃娃现在成了什么样呢。我星期三中午前给您打电话。"

拉普拉塔

阿莉西亚现在已经是小组中的一员了,所以她被邀请今天去丽娜家开会。吉卡和艾尔米妮亚先到了。四个人聚在厨房里。桌上有费尔米娜笔记本中几页内容的复印件,以及阿莉西亚打听到的信息的复印件。丽娜剪下几块白色卡片纸,在上面写下艾米莉亚可能出现过的地方,阿莉西亚口述给她听。然后,她们一起试着将碎片拼成拼图。

"看,"丽娜边说边把纸片放在桌上,"布尔萨科的家。基尔梅斯的家。圣比森特的家。洛马斯德萨莫拉法院。隆尚的儿童院。布尔萨科的家。这是对的吗?艾米莉亚在这么多地方都住过?"

"我们把大致的年份也写上。"阿莉西亚说,"比如,她是1976年7月进的儿童院,在那里待到了那年12月。"

布尔萨科

自从自己的孙女被绑架后,这是丽娜第一次离她这么近。她和阿莉西亚坐在一辆出租车里,车停在艾米莉亚学校对面。丽娜戴了一顶假发,金色直发垂到肩上。她戴着一副不算太大的墨镜,嘴唇涂成深红色。她们从车里观察着学校那边的人行道,路易莎在那里等艾米莉亚。每过一会儿,丽娜就推推墨镜,从镜片上方看向那一边。几分钟后,学校的两扇大门打开了,女生们走了出来。弗洛伦西亚向路易莎跑过去,两人亲了一下,朝家的方向走远了。丽娜下了出租车,穿过马路,朝学校一侧的人行道走去。她只是想站在孙女停留过的地方,目前来说,她没有别的奢望。一个女生从学校里跑出来,直接跑向站在门口的老师那里。

"小姐,"女生气喘吁吁,"您看见弗洛伦西亚了吗?"

"看见了,她刚刚还在这儿。"老师用目光寻找着,"在那儿,看到了吗?她跟妈妈在那边走。如果你跑快点,就能追上她了。"

星期六。弗洛伦西亚在街角的文具店挑选铅笔,路易莎在家门口等她。店面很大,除了卖文具也卖零食。店里还有两个人,一个正在前台付款,另一个在挑笔记本。丽娜走进店里,戴着一顶黑色长发的假发,刘海厚厚的,把她的额头遮了一半,垂在一只眼睛上。今天她戴的是褐色墨镜,黑色披肩在脖子上绕了两圈。

"下午好。"丽娜打了个招呼，尽量使声音柔和，以免引起注意。

艾米莉亚会记得她丽娜奶奶的声音吗？她还会记得她，拉普拉塔的家，还有她们最后一次在一起时她送的绿色皮鞋吗？

"下午好。"一个女店员回答，"您需要什么，女士？"

"这个小姑娘应该排在我前面。"

弗洛伦西亚聚精会神地在看盒装彩色铅笔。

"啊，不，不，没关系，"店员说，"她还没有挑好呢。"

丽娜买了一支圆珠笔。她的手在颤抖。她想找几个硬币，把钱包翻了个底朝天，很久才付款。之后她走出文具店，停在门的一侧，靠着墙。没过几分钟，弗洛伦西亚带着一盒铅笔从店里走出来，朝与丽娜相反的方向走去。弗洛伦西亚没有看见她，走了几步，又停下来打开铅笔的包装。她觉得透明胶很难撕下来，但又不想等到回家，便直接撕开了包装纸。纸是深红色的，她一边撕，纸屑一边落在地上。她向前走了几步，又停下来看看盒子里的铅笔，拿出一根闻闻，又收起来。人行道的地砖上留下了红色的纸片。丽娜仍然靠着墙。弗洛伦西亚背对着丽娜，全然没有注意到她。丽娜的目光追随着她。路易莎还站在人行道上，等着弗洛伦西亚。她双手叉着腰，看着店铺的方向，一看到弗洛伦西亚，她便大声叫她快点，还冲她打手势。

"弗洛伦西亚！"路易莎大喊，"别站在那儿不动。"

到家后，弗洛伦西亚先走进家门，路易莎跟在后面，用钥匙锁上门。丽娜于是沿着她孙女刚刚走过的路走着，弯腰捡起散落在地砖上的红色纸片。

恩里克、路易莎和弗洛伦西亚穿着睡衣和拖鞋在客厅里，坐在放在矮柜旁边的椅子上，矮柜被当作祭坛，上面摆着卢汉圣母像、一个十字架和一些画片。他们围成半圆坐着,在胸前画十字,垂着头,闭着双眼,因此没有看见几只蚊子正在路易莎周围悄无声息地盘旋。恩里克打开一本祈祷书,大声朗读起来:

"哦,圣母,我们所有人的王后,请用您的纯洁照亮我们的家和我们的道路,让我们能够跟随您的脚步。哦,圣母,请保护孤儿和无依无靠的人。哦,圣母,您为我们带来了神子生机勃勃的爱。请遮蔽我们,圣母,用您神圣的披风,让我们远离这世界的痛苦。圣灵啊,我们将我们的心赋予你,我们在你的手中。"

恩里克合上书,三个人拉起彼此的手。

"祈祷让我们团结在一起。"他说。

他们用一种在彼此间逐渐变响的低语声祷告着。弗洛伦西亚祷告时,一个影像出现在她的脑海中:阿德里安娜在给她梳头。阿德里安娜的脸非常模糊,几乎看不清五官,但那是她,那让梳子轻柔地从发根滑到发梢的是阿德里安娜。阿德里安娜在梳头时,艾米莉亚也闭着眼睛。

"阿门。"恩里克和路易莎齐声说,然后松开了手。两人画了十字,睁开眼睛。弗洛伦西亚仍然半闭着眼睛。

1983

已发生的无法再成为未发生:
……曾经发生,这一神秘而幽暗的事实
是它永远的临终圣餐。
———弗拉基米尔·扬科列维奇[1]

---

[1] 弗拉基米尔·扬科列维奇(1903—1985),法裔犹太哲学家、音乐学家。

布尔萨科

弗洛伦西亚的噩梦越来越频繁地重复着。儿科医生对路易莎说,千万不要把她叫醒,因为这可能会产生负面影响,这些噩梦或许是梦游的症状。即使是在梦中,记忆也在保存,删改,寻找,带来,带走。凌晨3点,一声大叫惊醒了路易莎。她走进房间时,看见弗洛伦西亚站在房间正中央,双目圆睁。

阿 德 罗 奎

很长时间以前，恩里克和路易莎就开始考虑弗洛伦西亚的坚信礼庆祝活动了。那是一个寒冷的星期六早晨，阳光明媚，他们出门去看出租的宴会厅，但没有看到一个特别喜欢的。12点半，恩里克、路易莎和弗洛伦西亚已经站在今天看的第三个宴会厅里。他们想找一个宽敞的地方，请很多客人一起庆祝。宴会厅里有大型空间空无一物时的那种寂静，所有的细微声响都投向一个遥远的回声。所有窗户都关着，光线是人工的。负责的女人问他们是否想把窗户打开，看得更清楚些。昏黄的灯光将一切都染得有些黯淡，不过恩里克回答说不用，没有必要，这样就可以了。

"坚信礼是什么时候？"负责人问。

"10月的第一个星期六。"路易莎回答。

"我们在看卡片的样品。"弗洛伦西亚说。

"我可以帮各位的忙。现在我就把最新的目录拿来。"

"我们想要精致一点的。"路易莎说。

他们一边说话，一边朝负责人指的方向走去，在一个拱形门廊下停了下来。

"如果是坚信礼，我们一般会把行坚信礼的孩子的名字放在这儿。"负责人说，指了指上面的门框，"我们用的是金色的字，有种绝妙的光泽。"

所有人都朝出口走了几步,除了弗洛伦西亚,她还站在门槛处。

"然后在这个门廊下面和父母拍照,照片总是很漂亮。"负责人继续说,"各位有摄影师吗?我们有附加的服务,有任何需要,之后我都可以把预算发给你们。"

弗洛伦西亚看着木质的拱门,仿佛她的名字写在上面。

布尔萨科

下午2点前,他们回到家中。三个人聊着要为坚信礼庆祝活动做的准备。他们待在客厅里,路易莎把宴会厅负责人给的卡片目录摊开让大家选。从厨房那边传来电视的声音。

"你又把电视开着。"恩里克对路易莎说。

"我把电视开着?我根本就没看电视……是你忘了关吧。"

"算了,这不重要,"弗洛伦西亚从中调解,"我去关。"

"我?"恩里克对路易莎说,"我没有,是你。"

"唉,恩里克,拜托……"

弗洛伦西亚在厨房里很久没出来,恩里克过去找她,看到她站在电视机前。她手里抓着放在电视机上的小圣母像。一个女记者播报说,五月广场祖母已经找到了四十一个孙子孙女,寻找还在继续。她说在最近一年祖母们找到了两个孙子。恩里克听着记者的声音,看向弗洛伦西亚。这个情况令两人都很不自在。她连忙把电视关上。他走了过来,拥抱了她。他摸摸她的头,爱抚着她的头发,而她打了个冷战。

"你应该感谢你现在拥有的生活,弗洛伦西亚。"他对她说,"你有一个照顾你、爱你的家庭。"

"我每天都在感谢。"

"不然的话你会怎么样呢?如果你在武器中间长大,现在会是什么样？跟他们一样，一群暴乱分子。"

路易莎的声音从客厅传来。

"怎么了？快过来，我觉得我找到了一张合适的卡片样品，把电视关上，过来看看你们喜不喜欢。"

弗洛伦西亚学校的校长室很大，尽管如此，气氛仍然很奇怪。丽娜很早就到了，路易莎和恩里克迟到了。

现任校长是不到一年前上任的。上任第一个月，她就跟恩里克和路易莎发生了摩擦——两人到学校来，要求她解释一下之前让人挂在学校大厅里那块纪念被军政府绑架的音乐老师的牌子是怎么回事。路易莎问校长，她是不是想让恐怖分子、杀人犯和暴乱分子恢复声誉。恩里克什么也没说，直接去找了监督员特格利亚。当天监督员就给校长打了电话，要求她把那块牌子摘下来，说学校是教学场所，不是用来搞政治的。挂电话之前，特格利亚问她是否知道音乐老师是自动离职的。校长感到脊背一阵发凉，说那位老师是被绑架的。特格利亚从他办公室的椅子里坐起来，身体离开了椅背。

"有条法律，"特格利亚说，"里面有章程说，当一位教职员工在一定时间内未出现在工作岗位上时，可以被认为是自动离职。"

"对，法律……"校长说。

特格利亚不喜欢别人打断他。

"这是非常严重的失职，这样的人永远不能再从事教学工作。"

校长感觉自己正在扶手椅中沉下去，但还是尽自己所能积聚起力气，对特格利亚说，那位老师怎么可能再从事教学工作，她已经失踪了。

见面推迟了二十分钟。丽娜坐在校长旁边。写字台的另一边是路易莎和恩里克。

"我不明白的是,"恩里克对校长说,"这位女士是怎么来到这里的,她在我女儿的学校里干什么,您不是应该保护学生吗?"

"先生,我找我孙女已经找了很多年了。"

"重要的是在座的所有人都希望把最好的给孩子。"校长说。

"是,但我是她父亲,您在安排这次见面之前,应该征求我的同意。"

"先生,孩子的父亲是我儿子,埃内斯托·达帕达。"

恩里克抱起手臂。

"您想干什么,又开始搅动过去的污泥?孩子现在已经九岁了,不会再想过去的事。她得朝未来看。"

"我们才是父母,"路易莎说,"从弗洛伦西亚变得孤苦伶仃开始,是我们抚养了她,给了她她所需要的一切。"

校长拿来一杯水。

"孩子什么都不缺,"恩里克说,"比起专程来找不痛快,您更应该感谢我们。"

"我感谢二位,但二位能想象,从1976年开始我的孙女和孙子音讯全无,我是怎么生活的吗?我儿媳被绑架时已经怀孕四个月了,我孙子应该是在那年12月出生的。"

"我不知道您在说什么,女士。"恩里克说。

"您是在指控我们吗?"路易莎问,"女士,您不太正常。"

继续说下去之前,恩里克和路易莎都喝了口水。

"弗洛伦西亚是个快乐的姑娘,看起来您并不在乎这一点。"路易莎说,但却没有看丽娜,而是一边和丽娜说话一边看着校长,"她和我们在一起,什么也不缺。"

"我也是她的家人。"丽娜说。

恩里克做了个手势。

"我们收养她的时候,她是个非常悲伤的小女孩。您知道这姑娘那时是什么样吗?"恩里克说。

"我只想抱抱她,希望我们能再相见。知道我在这里,对她来说也很重要。"

"您没有为孩子考虑。"恩里克说。

"怎么没有?他们绑架了我全家人,我已经找了他们七年。我没有一分钟不在想他们。我想看看我孙女,抱抱她。"

"您没意识到这对弗洛伦西亚来说并不是件好事吗?"路易莎问丽娜。

丽娜没有回答,她摩挲着手背。她说自己不会做任何对孩子不利的事情。她没有想把她接走,只想让孩子知道奶奶一直在找她,他们可以定一个探望的规矩,丽娜用恳求的语气说。一周一次,她冒险地说。路易莎打了个哆嗦,恩里克说,无论如何都不会把弗洛伦西亚交给她。丽娜顿了顿,开始和他们说起孩子们和祖父母关系的重要性。也可以每个月一起过一个下午,他们也在场,四个人一起。

"您疯了。"路易莎说。

"女士,"恩里克说,"弗洛伦西亚是我们的女儿,我们才是她的父母。"

"在她生命的前五年,孩子有父母,有我这个奶奶,她常来我家,我给她做饭,给她读故事书,她留在我家睡觉。我永远不会做让她伤心的事情。"丽娜说,"我很高兴,知道艾米莉亚一切都好,知道你们爱她,照顾她。但她也应该想起她的过去……"

"女士,我们不想这样……"恩里克说,"但您得知道:弗洛伦西亚已经不记得您了。"

"她从来没提起过您,"路易莎说,"从来没谈到过您。"

会面很快就结束了。校长陪他们走到大门口。恩里克和路易莎先走了。丽娜和平常一样走得很慢。在街上,西伦特夫妇挽着手臂,沿着一条上坡路走着。丽娜朝着相反的方向渐渐走远,萎靡不振。

路易莎已经好几天睡不着觉了,或是只能睡一小会儿。在一场又一场失眠中,她听见弗洛伦西亚在噩梦中叫喊。
"艾米莉亚!"她大喊。
路易莎躺在床上一动不动。

"你昨晚梦见什么了?"路易莎问她。
"不知道,"弗洛伦西亚回答,感到一阵铁锈味刺着她的上颚,"我不记得了。为什么这么问?"
"因为你做噩梦时总是叫我。"路易莎说,"我不知道你梦见了什么,但你一叫我,我就不知道该怎么办了。"

星期天一早天气非常阴沉。路易莎准备了一个柠檬巧克力味的大理石蛋糕做早餐,又倒了三杯茶。弗洛伦西亚在一个大本子上画画。新买的那盒彩色铅笔原封不动地放在桌子上。
"蛋糕是柠檬味的吗?"
"对。"路易莎说,把它放在桌子中间。
"我本来以为今天你会做苹果味的。"弗洛伦西亚说,头也不抬地继续画画。
路易莎切了三块蛋糕,分别放在三个小盘子上。
"弗洛伦西亚,"切好最后一块蛋糕后,路易莎对她说,"你看,我们想和你谈谈。"
"我现在不想吃。"她说,拒绝了蛋糕,"晚点再说。"

弗洛伦西亚的视线没有从画上离开。恩里克和路易莎等了好久才重拾这个话题。路易莎在桌上做了一个不易察觉的手势,示意他先开口。

"我们想跟你说的是,"恩里克说,"你得非常小心。"

"现在有女人拐骗孩子,"路易莎接着说,"特别是女孩。"

弗洛伦西亚没有抬头,继续画画。

"你得小心,知道吗?"路易莎说,"她们很坏,你得非常留神,以防她们在哪儿找上你。"

"谁?"弗洛伦西亚问。

"那些老太太。她们绑架小姑娘,把她们带到别的国家一个非常可怕的地方去。"恩里克说。

"如果你碰到她们中的一个,"路易莎说,"你就赶快跑,喊救命。"

"帮帮我,你就这么喊,向任何一个人求助。"

弗洛伦西亚没回答他们,继续画着画。

"你在画什么?"恩里克问。

弗洛伦西亚举起那张纸,给他们看没画完的画。那是一条路,路的尽头有棵她才刚开始勾画轮廓的树。

路易莎继续切着蛋糕。把一整个蛋糕都切完后,她又用刀尖抹过每一个切面,把它们弄得平平整整。

寒假第一天,弗洛伦西亚很早就醒了,在床上辗转反侧。晚些时候,朋友的妈妈会带她们去看电影。弗洛伦西亚用被子把自己蒙起来,闭上眼睛。在被子底下,她感到呼吸集聚的潮气,昏昏欲睡。在那个轻梦里,她看见一架小飞机停在一个大园子里,她想飞,但那飞机生锈了,于是她下了飞机,想要奔跑,可是一条腿受伤了,只能坐在一个小院子冰冷的地砖上,直到听到爆炸声,一声,两声,然后她就醒了。

早上8点,恩里克就起床了。弗洛伦西亚和路易莎还在睡觉。这是弗洛伦西亚寒假的第一天,恩里克尽量不发出声音,走进厨房,打开灯。他正准备去上班,衣服换了一半:穿着天蓝色的内裤和白衬衫,领带还没打好结;长袜和皮鞋已经穿好,但鞋带还没有系。听到大黄蜂的声音时,他正在柜子里找咖啡。他循着声音找过去,最后看到了它。大黄蜂继续嗡嗡叫着,离恩里克越来越近。他一动不动,像一尊雕像,但眼睛追随着黄蜂飞行的轨迹。飞了几圈之后,黄蜂落在了厨房台面上。恩里克抓紧手里的厨房布,为了不惊动它,静悄悄地走了过去。他只走了几步,想要扑到厨房台面上,但却被鞋带绊倒了,躺在了地上。现在嗡嗡声消失了,但尽管看不见黄蜂,恩里克知道它还在厨房里,就落在天花板最高的角落里。

每个夜晚,尖叫声都会以一个名字忽然爆发,弹在她房间的墙上,又弹回她身上,无人应答。

凌晨,弗洛伦西亚被一声其他人都没听到的爆炸声惊醒。同样的情况在其他夜里也发生过。一阵爆炸声,一声回荡在她脑海里的枪响。之后她再也睡不着了,因为害怕,也因为她知道那枪声并非来自梦中。

假期后的第一个星期一,监督员特格利亚向全体教职员工介绍了新校长。没人知道之前的校长要被停职多久,也没有人过问。

1992

>……就是在那时
>动物深入山中。
>——罗萨里奥·安德拉达[1]

---

[1] 罗萨里奥·安德拉达(1954—),阿根廷诗人。

庞 贝 区[①]

弗洛伦西亚和波莉在装着救世军[②]二手衣服的大筐里翻翻拣拣。她们在布尔萨科车站搭小巴花了一个多小时才到这里,但波莉说跑这一趟很值,因为要买状况不错的老物件,这里是最好的地方。波莉现在在大学里学服装设计,她请求弗洛伦西亚陪自己一起来。弗洛伦西亚瞒着恩里克和路易莎,因为他们肯定不会允许。那些最重要的国家里跟时尚相关的事,波莉都懂得很多,她还知道不同时代的风格。弗洛伦西亚喜欢波莉那有点奇怪的穿着,她总是有现在商店里买不到的衣服和配饰。几天前,波莉开始强调回到20世纪70年代的观点,整天都在跟她讲那个时代的衣服、发型,还有裤子的版型。

"现在人们又开始穿那些年的衣服了,但是要重新改良过,不能直接穿一样的,而是要让它符合现在的语境。"

"从玻璃窗上完全看不出这一点。"弗洛伦西亚对她说。

"玻璃窗上没有,当然了,那是大批量消费,弗洛伦西亚。我说的是另一件事情,我说的是设计,你懂我的意思吗?"

---

① 庞贝区,布宜诺斯艾利斯市的一个区,正式名称为"新庞贝"。
② 救世军,成立于英国的国际性宗教慈善组织,以军队形式作为其架构,在世界各地设有分部。

"差不多。"

"这是我们的工作。"

"哪个?"弗洛伦西亚问。

"找到过去具有原创性的类型学,让它们在当下再次起作用。"

弗洛伦西亚和波莉说好一小时后在最后面卖大衣的摊位碰头。弗洛伦西亚从那些大筐开始看,在卖便宜货的桌子上翻拣。她无法相信价钱会这么便宜,问自己是不是看错了。她分不清哪些衣服、大衣和鞋子是70年代或者别的时代的。去问雇员,她也不知道,建议弗洛伦西亚试穿她喜欢的衣服,但弗洛伦西亚说不用,她只需要70年代的衣服,是为了完成一项作业。有点凭着直觉,她买了一件厚厚的黑色套头毛衣,手工织的,有竖钩针的设计。她还买了一件少了一个扣子的皮衣,皮磨损得相当严重。她和波莉在最后面的摊位碰面,两人付了钱,离开之前,她们把各自买的东西拿出来给对方看。波莉提着满满三大袋裤子、短裙、鞋子和腰带。弗洛伦西亚拿出她买的衣服时,波莉鼓起掌来:

"姑娘,"波莉对她说,"你简直像个70年代专家。"

两人上了小巴,在最后一排坐下。

弗洛伦西亚长发及腰,披着头发,尽管路易莎每天都要求她把头发扎起来;路易莎说不喜欢看见她那么不修边幅。巴士在凹凸不平的道路上颠簸,弗洛伦西亚的头发像厚重的窗帘般飘起来,挡住了她的脸。

"你累吗?"弗洛伦西亚问。

"有点,你呢?"

"不,一点都不累,我太喜欢这个地方了。"弗洛伦西亚说。她们约定下个星期六再来。

"但不能让我家里人知道,不然他们会杀了我。"弗洛伦西亚说。

"但是为什么啊,弗洛①?这又没有一点坏处。"

小巴在庞贝桥上停了下来。发生了一起车祸,救护车正朝这里开过来。

---

① 弗洛,弗洛伦西亚的简称。

布尔萨科

带着从救世军那儿买来的大袋衣服,她们从庞贝区回到布尔萨科。已经是下午3点,因为早餐之后就什么都没吃过,两个人都很饿。她们走进平行酒吧,哑巴走过来,两人点了当日例餐。一边等,弗洛伦西亚一边问波莉还记不记得她们小时候玩的讲秘密的游戏。

"嗯,我记得,你一个都没跟我讲过,你是我的无聊朋友。"波莉回答她,笑了起来。

"我现在给你讲。"

波莉有些吃惊。

"是现在的秘密还是以前的?"

"有一天下午,我奶奶送给我一双皮鞋。是我们一起去买的。我想要一双绿色的鞋。店员说没有小女孩穿的绿色鞋子,但我奶奶很坚持。他在店铺最里边的一面墙前停下来,那里有一个从地面到天花板那么高的柜子,上面摆满了鞋盒。他顺着梯子爬上去,从最高的那一层拿出一个鞋盒。他站在高处对我奶奶说,还有一双,但是庆祝活动上穿的那种。我奶奶问是不是童鞋,有没有我的号码。那双鞋美极了。"

"是绿色的吗?"

"绿色的,羊皮鞋,脚背上有个带子,可以从前面扣好,我觉得还有一点跟。"

"鞋跟?"

"对,有一厘米。"

"真奇怪。"波莉说。

"好吧,没有,忘了它,没有鞋跟。"

"是庆祝活动上穿的吗?"

"是庆祝活动上穿的,很美,我试了之后就不想再脱下来了。"

"贵吗?"

"对,挺贵的,但我奶奶那天带了钱,所以她就付钱买下了,我穿着那双鞋走的,之后每天都穿,不管穿的是什么衣服,在什么时候。"

波莉看着她:

"你讲完了?"

"对。"

"然后呢?"波莉问。

"然后什么?"

"秘密是什么?"

"就是这个。"

"你可真傻。"波莉说。

哑巴端来食物,把盘子放在桌上。

"我以前不知道你有个奶奶,弗洛,你从来没跟我提过她,她叫什么名字?住在哪儿?"

皮衣和套头毛衣都让路易莎觉得恶心,她禁止弗洛伦西亚穿这些衣服,说它们全是垃圾,还提议说她们应该一起去阿德罗奎的商场或是圣塔菲大道上的服装店里买衣服。弗洛伦西亚撒了个谎,告诉她买这些衣服是用来做过去的模板的,她得把它们画下来,作为作业在系里展示。路易莎不太确定弗洛伦西亚说的是不是实话。

"画过去?为什么不画你的现在呢,亲爱的?你不喜欢你的现在吗?"

弗洛伦西亚没有接腔。

"你拥有一切,什么都不缺,你知道有多少人想处在你所在的位置,过你拥有的这种生活吗?"

记忆移动,靠近,保持距离。

"来,画我吧。"路易莎向她提议,"我是你的模特,你的现在。来画我吧。"

第二天,弗洛伦西亚试图给路易莎画像。路易莎摆了一个多小时的姿势,弗洛伦西亚画完后,把画拿给她看。

"这是什么?"路易莎问。

弗洛伦西亚想回答,但不知道该说什么。

"我不是你画的这个人,你对我有敌意。另外,你是着了什么魔,要把什么都涂上阴影?你什么时候才能画彩色的画?"

路易莎说,她可能还是会把画像裱起来。

"你要把它挂在哪儿?"弗洛伦西亚问。

"我不挂,我要把它用报纸包起来,然后放在衣柜上面。"

"为什么?"

"有一天你得重新把我画好。"路易莎对她说,"等你画得更好了,不再带着敌意看我了。现在你看我时带着很大的敌意。我不是你画的这个人,亲爱的。"

星期六,弗洛伦西亚很早就到了波莉家。两人都要准备期中考试,尽管复习的是不同的内容,她们还是决定一起学习。波莉还在和她的奶奶奥尔索丽娜一起吃早餐,弗洛伦西亚坐在桌旁,喝着牛奶咖啡陪她们。奥尔索丽娜今年七十岁,一头红色大波浪几乎及肩,眼睛是绿色的。她住在内乌肯①,很少到布宜诺斯艾利斯来,因为她不喜欢让家里空无一人。这次她是来做检查的,还要看一位专家的门诊。

"你知道我奶奶会看手相吗?"波莉问弗洛伦西亚,"她可厉害了。"

弗洛伦西亚喜欢波莉奶奶头发上明亮的光泽,奥尔索丽娜说这是因为她用的洗发水是自己拿搅碎的荨麻叶做的。

"荨麻有很多益处。"她说着,一边拨了拨红色长卷发。

奥尔索丽娜从很年轻时就以看手相为生。她是跟一个从热那亚来到阿根廷的意大利女人学的,回欧洲之前,看到奥尔索丽娜有天赋,这女人便把技艺传给了她。找奥尔索丽娜看手相的有艺术家、政客、情人、家庭主妇、办公室职员、宗教人士,老少皆有。她颇以曾让一些黑暗意图改邪归正、令一些生命变得明晰为傲,这是她的原话。

"你是演员吗?"奥尔索丽娜问弗洛伦西亚。

"不是。"她说着笑了起来。波莉也笑了。

"啊,你和电视上的一个女演员长得很像。"

"像谁?"波莉问。

"我不记得她叫什么了,一个很高的,晚间电视剧里的演员,演得很好。"奥尔索丽娜说。

"奶奶,给弗洛看看手相。"

奥尔索丽娜理好垂到额前的一绺卷发。

"是看过去还是未来?"弗洛伦西亚问。

"没有过去、现在,也没有未来。"奥尔索丽娜说。

---

① 内乌肯,阿根廷中部城市。

波莉摇摇头,作为对奶奶说的话的回答。

"没有?怎么会没有呢?"弗洛伦西亚问。

"一切都在这儿。"奥尔索丽娜指着自己说,"一切都是你自己,时间就在我们所在的地方,一切都在一处。"

"你想让她给你看手相吗?"波莉催促道。

"这次我不收你的钱,因为你是我孙女的朋友,但仅此一次。"

弗洛伦西亚把手臂藏在桌子底下,两手按在双腿上,说她不知道是不是想这么做,她不确定。之后她们把桌子收了起来,波莉和弗洛伦西亚把笔记拿出来,开始学习。

上午,路易莎看到院子红色的地砖上有蜗牛爬过的痕迹,绝望地以为常春藤闹虫害了。恩里克在上班,弗洛伦西亚在系里参加期中考试。蜗牛在地砖上画出的小路一直延伸到白玫瑰花丛。这很可能是今年最后的蜗牛,从4月开始它们就会冬眠,在春天来临之前不会再出现。但尽管是这一季最后的蜗牛,还是得杀死它们。路易莎不能对此视而不见,因为如果她放任不管,就会失去她的植物,尤其是蜗牛会先吞下那些最嫩的叶子。她得快点把它们全杀死,如果不想在第二天看到被虫蛀过的叶子或是更坏的情况——植物光秃秃的枝条。路易莎放好毒药,它们看起来像精饲料的小小颗粒,散布在常春藤整条根系周围。她在厨房门附近发现的蛞蝓身上撒上细盐;盐令它们的身体爆裂,留下黏稠的透明液体。等过几个小时她再回到院子里,就会高兴地看到第一批翻过来的蜗牛壳。在蜗牛死透之前,路易莎不会清扫它们,也不会把它们收拾到一起。她会在第二天一早回来,毒药肯定会在夜间继续起作用,因此,等她回来结束工作时,死亡数量会大量增加,蜗牛尸体也会成倍增长。总有些蜗牛动作更慢,比如那些最晚从常春藤上爬下来的,因此路易莎相信,把毒饲料放在那里的时间,应该比说明书上要求的更长。

恩里克和弗洛伦西亚从格洛丽亚姆墓园的一条小路朝出口走去。这是一个阴冷的早晨,细雨打湿了他们的脸颊。弗洛伦西亚挽着恩里克的手臂。两人的眼睛都哭红了,身后是几个陪他们参加路易莎葬礼的人,其中有街角文具店的店员,弗洛伦西亚学校的一位女教师和校长。她们三人走在一排,相互交谈着。刚剪过的草坪上还有夜露。没有人打伞,因为雨实在太细了,但尽管如此,每个人的脸上都有一层水汽氤氲的锈色。老师对店员和校长说,路易莎的心脏没能给他们留下任何时间。弗洛伦西亚是3点多到家的。一进家门,她就注意到路易莎不在厨房里,而花园的门却在这个时间大敞着。她发现路易莎躺在红砖路上,已经死了。医生们说是昏厥发作。

"心脏就是这样,"街角文具店的店员说,"一旦出问题就毫无办法。"

到墓园门口时,恩里克和弗洛伦西亚与大家告别。店员拥抱了他们,并对弗洛伦西亚说了句什么。

"你应该一直记得她是一位好母亲,弗洛伦西亚,她为你付出了很多。"

老师也抱了抱她,但什么都没有说。

"死亡真是个谜。"校长在她耳边说。

恩里克沉默地流泪,弗洛伦西亚用手抚摸着他的背。

"我不知道没有她要怎么活下去。"告别时,他对老师说。他用一块手绢擦擦额头,抽泣着说路易莎是他生命中最重要的人,对他来说她曾是一切。

广场上的疯女人更瘦了,背也更驼了,而且走得越来越慢,但一边在国旗纪念碑周围兜圈子一边叫喊时,她的声音里仍然有相同的能量。

这是恩里克和弗洛伦西亚第一次单独待在家里,没有路易莎,两人都感到不知所措。弗洛伦西亚倒了两杯茶。
"我什么都不想喝。"恩里克说。
"你得喝杯茶,至少。从昨天起你就什么都没有吃。"
恩里克几乎没有力气说话。
"现在我的喉咙什么都咽不下去。"
恩里克靠在厨房台面上,让目光停留在墙壁上的一点。
"你妈妈这么年轻就离开我们了,弗洛伦西亚。"他说,"我不知道我该做什么,到现在我也没办法相信。她是个那么年轻的女人,那么健康。"

波莉送给弗洛伦西亚一幅她自己画的画。画的名字叫《秘密》。在白色画布正中,她画了一双有踝带的绿鞋子。一只鞋上的踝带是扣着的,另一只上的没有。画中的鞋跟真实的一模一样。弗洛伦西亚伸出手,抚摸着画布。晚些时候,当她把画挂在自己房间墙上的时候,又重复了一次这个姿势。记忆加速、扩展,直到再一次带来了羊皮的柔软,拉普拉塔的鞋店,还有关于丽娜奶奶的回忆。
"这是什么?"某天恩里克看到画时问道,"是你画的吗?"

关于妈妈被带走的那个夜晚,弗洛伦西亚记得脚下的寒意。家里所有的灯都开着,她孤单一人,叫着她的妈妈;忽然一切都暗了下去,而她继续在黑暗中呼唤着她。她不记得的,是她自己还是孩子时的声音。在灯火通明的家里,在一片漆黑的家里,艾米莉亚都叫着她的妈妈。但那记忆失去了声音,在回忆里,艾米莉亚叫着,但无人应答。

弗洛伦西亚开始失眠已经有很长一段时间了,但自从三天前路易莎死后,她一刻也无法入睡,整夜整夜醒着。她的身体因失眠而疲倦。早上快9点了。从房间里,她听见恩里克在客厅打电话,有人打电话来致哀。

也许是他的一个同事,或者是领导,因为当时在出差而没能来为路易莎守灵。弗洛伦西亚听见恩里克说,医生毫无办法,是心肌梗死,救护车来的时候她已经去世了。阳光透过弗洛伦西亚房间的百叶窗照进来,那几束光很细,却拆解了房间里的黑暗。客厅里,恩里克在电话中讲着路易莎一个月前还做过例行体检,检查结果一切正常。她从来都不会不舒服,哪儿都不疼。他们怎么能想象一切会结束得这么快,以这样的形式,在瞬息间结束。弗洛伦西亚觉得很热,把被子推到地上。路易莎当时在花园里,恩里克说,她对植物有种狂热。当时她在消灭蜗牛,她以前为这事着魔。忽然,恩里克的声音变了,听起来很气愤,声音也提高了。

"不,"恩里克说,"我不懂你在说什么,路易莎怎么会服毒?你在说什么?"

弗洛伦西亚没有盖被子。她无法起身。阳光照在她赤裸的腿上。她抱着枕头。她知道,以前曾经有一双手,在她闭着眼睛躺在床上的时候抚摸过她的头。

路易莎死后一星期,弗洛伦西亚穿过布尔萨科车站,从罗哈斯街走到了法德尔街。她很惊讶自己还记得这些房子,这些店铺,车站的报刊亭,杂货店,药房。法德尔街的家门窗紧闭,对面的墙上贴着出租的海报。"房主出租"。弗洛伦西亚从包里找出纸笔,记了下来。一个五十岁上下的女人,手里提着一网兜橙子,在她身边停了下来。

"如果要租房的话,这是个漂亮的小房子。"女人说,"街区非常安静,这边很适合生活。"

"您有笔吗?我想记一下电话。"

"没有,但女主人就住在从这儿数第三栋房子里,就在对面,你可以现在去找她。"

"女主人叫什么名字?"

"他们都叫她贝芭,"女人回答,"她住在那栋有高柱子的房子里,花园里有一丛玫瑰。"

"您知道每月的房租是多少吗?"

"不,我不知道,但她会告诉你的。"

弗洛伦西亚没有动。

"去吧,"女人劝她,"贝芭会把一切给你解释清楚的。"

今天恩里克也睡不着了,他在饭厅里看书。凌晨3点。弗洛伦西亚在房间里,关着灯,敞着窗户。她靠在窗棂上。在饭厅里,恩里克听到了她的哭声。他走进她的房间,打开灯。

"别哭了,亲爱的,别哭了。"

恩里克抱住了她。

"我们俩都会很想念你妈妈,但她永远和我们在一起。"

弗洛伦西亚让他抱着自己,他把她抱在怀里。她坦白时没去看他的眼睛,当时两人还拥抱在一起。

"几天前我去了法德尔街的家。"她说话的声音几乎低不可闻。

恩里克有一个身体上的反应,他松开了她,几乎推开了她。她低下头。

"我还以为你是为你母亲哭的。"

弗洛伦西亚没有回答。

"我不明白你,弗洛伦西亚,那你为什么哭?你怎么能不为你母亲哭?"

一个星期六,弗洛伦西亚和波莉又去了救世军那里。从小巴车上下来时,一阵细雨打湿了她们的脸。从车站过去只有三夸德拉的路,因此她们决定还是继续走过去,加快了脚步。波莉不喜欢眼皮被淋湿的感觉,每过一会儿就伸手擦一擦。正要在大道上过马路时,弗洛伦西亚说:

"我奶奶叫丽娜。"

"多好听的名字,"波莉说,"她住在哪里?"

"在拉普拉塔。"

波莉往前走了一两步。

"她人好吗?"

"好,再好不过了。"弗洛伦西亚说。

波莉往后看去。

"快点,弗洛,别站在这儿。"波莉催她,"咱们快点过去,马上就变成红灯了。"

布宜诺斯艾利斯

走在七月九日大道上,弗洛伦西亚听到从一支游行队伍那边传来的小军鼓声。还看不到示威者,但鼓声越来越近。弗洛伦西亚正要去恩里克的办公室找他,他们要一起回布尔萨科。她带着一个大文件夹,里面是黑白速写。恩里克没有像往常一样站在楼门口。街上也有警察,还有些街头艺术家。恩里克过了十分钟才出来,他打开楼门,和弗洛伦西亚互吻了脸颊。

"对不起,我来晚了。"他说,"你等了很久吗?"

已经有一段时间了,弗洛伦西亚开始拆解那个阴影——那里关着在一个冬夜被独自留在家里的小女孩,她光着脚在冰冷的地砖上走着。有时候她也在沉默无言的走廊里朝前走。另一些时候,真相的倒影蜿蜒着,汇集在过去那些空旷走廊的出口处。

小军鼓声越来越近,但还看不到游行队伍。他们在塞里多街上,正朝恩里克停车的地方走去。恩里克挽着弗洛伦西亚,脚步匆忙,他不想碰见游行队伍。他们离方尖碑越来越近,示威者的声音也越来越响。走到克里恩特斯街时,他们看到大道上有超过二百米的地方都站满了示威者。游行队伍几乎跟他们同时抵达,正准备过马路。警察站成一列,让行人不要再往前走。歌声和小军鼓声令一切停滞。由于示威者的呼喊声,恩里克和弗洛伦西亚听不见对方在说什么。弗洛伦西亚看着那些标语。

  伸张正义,惩罚罪人。
  对特赦令说不。
  不遗忘,也不原谅。
  记忆,真相,正义。
  废除《句号法》和《应得权威法》①。

游行队伍从他们面前经过,令他们无法继续往前走。两人停在人行道上的警察队列前面,恩里克攥紧了拳头。他在脚跟和脚尖的支撑下来回晃动着身体,看着自己周围的人。当他看到五月广场祖母的队伍时,打了个手势让弗洛伦西亚跟他走;恩里克开始朝与游行队伍相反的方向走去。但没走几步,他就发现弗洛伦西亚没有跟上来。她在读标语牌上的字,没看见他的手势。恩里克于是又折返,牵起她的手,两人一起走在人行道的人群中。恩里克想找条近路,但又一次被人群挡住,无法动弹。

游行队伍沿着克里恩特斯街前进。阿莉西亚和祖母们一起游行,走在吉卡和艾尔米妮亚中间。丽娜现在在苏黎世,但阿莉西亚举着一面印有艾米莉亚照片的横幅。

回布尔萨科的路上,两人都一言不发。恩里克心情不好。弗洛伦西亚想打开收音机,缓和一下紧张的气氛。恩里克抓住她的手,让她别开。

"今天别听了,我头疼。"

---

① 《句号法》和《应得权威法》均为与阿根廷"肮脏战争"相关的特赦令。民主条例恢复后,阿根廷政府开始用特赦令审判军政府时期的高官。经过民众多年的抗议,阿根廷最高法院于 2005 年废除了这两条特赦令。

这之后，他们在路上都没有说话。弗洛伦西亚的胸中回响着一只鸟的振翅声，它飞来，飞去，飞来，又飞去。当她往车窗外看时也能看见它，鸟儿飞下来，将尖尖的嘴钉在土里。

布尔萨科

弗洛伦西亚、波莉和奥尔索丽娜坐在厨房的桌边。天很阴,从窗户可以看到四五只鸟停在电线上。弗洛伦西亚的手在桌上摊开,手心朝上;奥尔索丽娜沉默地观察着她的掌纹。她皱起鼻子支撑着眼镜,拨开一绺垂到额头上的卷发,长叹了一口气,又重新集中精神。窗外,一阵微风吹动电线,鸟儿摇摆着身体,努力不失去平衡。

一星期后,弗洛伦西亚又去了法德尔街974号的家。贝芭在人行道上等着她。

"你和上周打电话来看房的那位是同一个人吗?"她问道。

"对,"她说,又马上纠正自己,"不,不,我没打电话,几天前我路过这里,看到了房子,但我没打电话。"

"啊,那我弄错了,我以为你是另一个姑娘。你是这一带人吗?"

"是的,不,不,我住在车站的另一边,其实。"

"啊,那你离得不远。你家人多吗?"贝芭问,"我这么问,是因为房子不是很大。这是个很漂亮的小房子,但有点小,如果你家人多的话,就不太合适。"

弗洛伦西亚不知道该如何继续,在说出实情之前,她还在斟酌着语句。

"其实,"她说,"我在这个房子里住过……很多年前,和我妈妈……"

"你是谁?"贝芭问,"你叫什么名字?"

"弗洛伦西亚。"

贝芭尝试记起这个名字。

"弗洛伦西亚,弗洛伦西亚……是哪一年的事?"

"1977年。"

"1977年?"贝芭吓了一跳,"什么?你究竟是谁?"贝芭的视线模糊了起来,"你是艾米莉亚?"

她没有回答。贝芭追问:

"你是谁,宝贝?"

尚未明白真相,贝芭就抱住了她。

"你是艾米莉亚?"贝芭一边抚摸着她的头,一边又问了一遍,手掌抚过她从后颈到腰间的头发。

弗洛伦西亚和贝芭从穿过小花园的碎石路上朝房子走过去。贝芭打开锁,但有什么令她忽然停下了。

"艾米莉亚,你想进来吗?孩子,你想吧?还是你更愿意待在外面?你来决定。"

她们一言不发地走进房子里。贝芭打开了窗户和百叶窗。两人静静地站在那里。弗洛伦西亚尾随她从房子的一边走到另一边。她们经过厨房,贝芭打开通往后院的门。尽管这里没有人住,一切都干净整洁。

贝芭小心地说:

"你肯定还记得这个院子,对吧?"

弗洛伦西亚几乎无法说话。她摇了摇头表示不记得。

"你不记得了吗?"

弗洛伦西亚站在门口,贝芭靠在后院的一面墙上,讲起几年前她不得不给天花板加了一层沥青膜,因为房顶漏水,墙上也有潮气重的问题。院子很小,整修之后,贝芭让人把墙涂成了珠灰色,清洁了铁艺小桌的锈迹,买了两把二手椅子,也是铁艺的,还在角落里放上了几盆红色蜀葵。

"现在这里更漂亮了,以前有点令人悲伤;而且以前这儿也没地方坐,只有这张小桌。"

"那时你妈妈不想让你在前面的花园玩,"贝芭对她说,"然后你就生气了,但她这么做是为了保护你。她总是让你去后院玩。"

贝芭顿了顿,不知道是否该继续:

"你还记得你是怎么唱歌的吗?"

"我那时会唱歌?这我不记得了。"

贝芭的声音变了:

"而且你多爱画画啊!每次你妈妈让我照看你,你整天都在涂涂画画。"

贝芭朝她打了个手势,两人在铁艺扶手椅上坐下。

"你看多少年过去了,但我还记得所有这些。我现在看着你,就像是昨天的事。那时你那么快乐,那么好动,整天从这儿跑到那儿。"贝芭叹了口气说,"之后就发生了那一切。"

贝芭端来两杯水放在小桌上。院子里的两把铁扶手椅没有放靠垫,坐起来不太舒服。晾衣绳上挂着一块擦地的抹布和一块磨损的厨房布。

"你坐在那儿是不是很不舒服?"贝芭问她。

"嗯……啊,没有。"

163

"你妈妈那时那么年轻,那时她能有多大?那些人是凌晨3点来的。可怕极了。这些你都记得的,对吧?我们从来也不知道他们是不想带走你,还是没看见你,还是故意把你留了下来。是对面的邻居通知的我们,我们到这里时家里的门都开着,灯全亮着,你自个儿在饭厅里,那么冷的天,光着脚。你还记得那个晚上吗,艾米莉亚?我当时想马上把房子卖掉,但没有一个人感兴趣,就像被诅咒了一样。邻居们都说这是游击队员的家。"

贝芭站起来,用桶装满水,浇在种着蜀葵的花盆里。

"你妈妈最后怎么样了?"

弗洛伦西亚不知道该说什么。

"我打扫房子时,在一个咖啡杯里找到了你妈妈的一枚戒指,放在厨房台面上,煤气灶旁边。你记得那戒指吗?"

"一枚戒指?是那枚有块小绿石头的吗?"

"对,"贝芭说,"就是它。我还留着它,和几张黑白照片一起。你还记得那些照片吗?"

贝芭在椅子里调整了一下坐姿。

"那是出事那晚两个月前的事。"她说,"有一天下午我去家里收房租。你妈妈那天非常漂亮,穿着一条带绿色印花的粉红色连衣裙,美极了。裙子是她自己做的,她针线活做得很好,也给你做衬衫和裙子。那天下午她把房租交给我,请我给你们照张相。那条连衣裙是她为了照相特意穿的。我就是在这儿照的。她跟我说那一卷只剩下三四张了,让我全都拍完,这样她就可以去洗照片了。有一张是我偶然拍的,是那一卷的最后一张,不知道是不是相机的快门自己动了,我记不清了,我这么说是因为你们没有摆姿势。你不记得那天了吗?"

贝芭的声音又变了:

"你当时就站在这个小桌上,和妈妈抱在一起。"

贝芭咽了一口唾沫,试图让声音恢复正常,又喝了一口水:

"你还记得你妈妈的拥抱吗?我当时很紧张,怕自己拍不好,你们俩抱在一起,你妈咪说她再也不放开你了,然后你们俩都笑了。"

贝芭停了下来,喝了口水,过了几秒又继续说:

"那几张拥抱的照片也被撕破了,但我还是把它们保存了起来。"

弗洛伦西亚不记得了。她既不记得连衣裙,也不记得上面的花。贝芭说那裙子像是礼服裙,布料很美,是绸子的,粉红色的底上有水绿色的花朵;低胸圆领,背后有个扣子,贝芭说,在领子上,可以从后面扣上。

贝芭站起来,把晾衣绳上的抹布收起来,又坐下。

"那个扣子真漂亮,"她说着,叹了口气,"她在那边转角处的杂货店买的,是颗白色的珍珠,就像项链上的那种。"在继续说下去之前,贝芭迟疑了片刻:"你还记得吗,艾米莉亚?那时你可喜欢摸你妈咪裙子上的珍珠了!真遗憾我没法把它保存下来留给你,你特别喜欢你妈妈穿那条裙子,我想是因为你喜欢,那天她才穿上它照相。"

贝芭把抹布对折,又用手把它抚平。

"告诉我,艾米莉亚……"

贝芭迟疑了一下,不知道是不是该问,但最后还是说了:

"你弟弟呢?"

"我没有兄弟姐妹,我是独生女。"

"你不知道你妈妈当时怀孕了吗?"

弗洛伦西亚摇摇头。贝芭在铁椅子上调整了一下坐姿。

"预产期是12月。"她说。

贝芭回到自己家,去找那一夜留下的东西。弗洛伦西亚独自留在那里。她胃里一阵反酸,咽了好几次口水以清洁正在刺激她上颚的苦味。她走进以前睡觉的房间,比记忆中的要小;她在床上躺下,直到听见门口传来的声音。

"艾米莉亚,你还在那儿吗?"

尽管她知道有一段时间自己被死亡包围,在世界的暴烈呼吸中受尽折磨,但今天,回忆就如同暴风雨中飞翔的桀骜的鸟,想尽办法拼凑起童年的一幅幅图景。

贝芭把一个鞋盒放在厨房的桌子上,但却没有打开。贝芭说盒子里有照片,阿德里安娜的戒指,几支彩色铅笔,还有很多很多涂了不同颜色的纸片,都是她在绑架发生之后收起来的。

"他们连画都撕碎了。"她说。

她沉默了片刻,然后说盒子里也许还有绑架后留在这里的其他东西。但她和艾米莉亚谁也没有打开盒子。贝芭对她说,那一晚过去几年后,有的星期天,她会整天坐在那里,试图把留下来的纸片拼成一幅画,一个小时又一个小时,她尝试着把那些碎片组合起来,让画产生意义,但是从来没有成功过,总有一条缺了的手臂,一块放在哪里都不对的月亮,一片不完整的天空,一个没有画完的身体……

"有时我想,最好是把那些纸片扔进垃圾箱,但又从来也狠不下心,我还是把它们都留了下来。"贝芭说,将所有空气放进了一声叹息里。

在盒子的一侧,写着"贝斯克丝鞋店/拉普拉塔"的字样。另一侧,用更小的字体写着"绿色羊皮,29号"。

贝芭陪她走了几个夸德拉,两人的步伐都很慢。弗洛伦西亚拎着贝芭给她的牛皮纸袋,里面装着鞋盒。

"小心这块砖,它有点活动了,可能会绊倒你。"走到杂货店那侧的人行道时,贝芭对她说。

"我记得这家店。"弗洛伦西亚说。"我记得。"她重复道,自己也对这个记忆感到震惊。

"当然了,你妈妈以前来这里买线和扣子。"

"对,"弗洛伦西亚说,在这一刻又慢慢想起了什么,"我们就是在这儿买东西的,对吧?"

这么多年来,她从未记起过这个地方。当她还是个孩子时,特别喜欢这家杂货店里的味道。

贝芭露出微笑:

"现在这儿还是有一样的味道。因为店主用吸满了煤油清洁剂的拖把拖地,地板会散发出那种特别的味道。"

贝芭陪她走到地下通道的台阶那里。

"你弟弟应该是在1977年12月20日到12月25日之间出生的。"贝芭说,然后和她拥抱告别。

贝芭站在最高处的台阶上,目送着她下楼梯,直到隧道的黑暗吞噬了她。弗洛伦西亚穿过地下通道,那里很黑,黑得几乎看不见身边行人的脸。所有的身体看起来都一样,像行走的阴影,除非真的触碰到他们。她觉得自己也是如此,只是又一道在没有光的过道里穿过时间孤独的影子。

在平行酒吧,弗洛伦西亚买了一瓶水。记得又有什么用呢?她的父母会随着回忆回来吗?记起他们的时候她又能回去吗?水很凉,继续走路之前她喝下了差不多半瓶。关于儿童院,还有恩里克和路易莎去接她的那天,她只记得他们下车时模糊的影像。

弗洛伦西亚在厨房里,照片放在桌子上。一共三张照片,在三张照片上她都和她的妈妈在一起。第一张照片里,妈妈从身后抱着她,两人对着相机微笑;在另一张里,她在妈妈身旁,坐在小桌上,她们也在微笑。在第三张里,阿德里安娜抱着她,两个人大笑着,没有看相机。弗洛伦西亚向后仰起头,笑了起来;阿德里安娜拥抱着她。她还记不起来当时的情形,但照片已经开始构建回忆。明天,或者再过一天,总有一天,她会拥有这段曾经遗忘的记忆。

拉普拉塔

在房前的花园里,吉卡倒了两杯茶,艾尔米妮亚在打扫玫瑰花丛下的枯叶。

"是蚜虫,"她指着叶子上的黑斑说,"这种斑是蚜虫留下的。"

"是吗?"吉卡问,"所以是菌吗?"

"对,"艾尔米妮亚说,"得杀一下虫,因为这是传染性的,不然整株植物马上就会生病。"

"我还以为是蚂蚁咬的,"吉卡说,"要不就是因为缺铁。"

家中的门铃声打断了她们。吉卡留在花园里,艾尔米妮亚过去开门。来的是邮差,说有一个包裹。艾尔米妮亚在收件通知上签字,接过包裹,又走回家中。她在厨房里打开包裹,里面是一封写给她的信,还有一个盒子。吉卡在花园里叫她。艾尔米妮亚撕开信封,开始读信。几分钟后,吉卡从后门走进厨房。艾尔米妮亚的眼睛是湿的。

"她死了。"她说。"丽娜死了。"她把信交给吉卡。

信上有丽娜在苏黎世公寓邻居的签名,丽娜之前给她留下了说明,如果自己出了什么事,她该怎么做。艾尔米妮亚打开盒子。在两人之间,盒子里的纸一张又一张滑落下来:丽娜为绑架以及埃内斯托、阿德里安娜和艾米莉亚的失踪报警的文件。她为他们一家三口申请的人身保护令,还有一份是为应该在1977年12月出生的孙子申请的。印有艾米莉亚照片和介绍的剪报,一条题为《这些被绑架的孩子在哪里?》的新闻,复印件,她儿子的照片,艾米莉亚婴儿时期的照片,好几份艾米莉亚照片的复印件——丽娜曾经在游行中高举着的照片,也是阿莉西亚两年后在五月广场附近的酒吧里看到的照片。丽娜最后两次见于报端的采访,在采访中她说自己在寻找孙女艾米莉亚,她被绑架的时候只有五岁。在这两次采访中她也提到了自己在找孙子,1990 年,当时与阿德里安娜关在同一间囚室的朋友告诉她,孩子于 1977 年 12 月 23 日出生在秘密羁押中心。还有一个很大的牛皮纸信封,丽娜在上面用大写字母写着"重要";信封是打开的,里面有另一个普通信封,封着口,正面写着"给我的孩子们,艾米莉亚·达帕达和生于 1977 年 12 月 20 日到 25 日之间的男孩或女孩达帕达"。费尔米娜笔记本中那几页的复印件。艾米莉亚在儿童院画的画。艾米,那个长手长脚的娃娃。一沓用铁夹子夹着的信封。那是西伦特夫妇寄给她的信。每一封都有恩里克·西伦特的签名。所有的信都极其简短,内容基本上相同:弗洛伦西亚拒绝见丽娜,而他们不会强迫她。

世界的暴烈呼吸

通往布尔萨科

回家的路上，弗洛伦西亚和恩里克听着广播里的一档音乐节目和新闻。下午4点多，太阳迎面照过来，把挡风玻璃晒得很烫，他们不得不放下前座的遮阳板，因为有些时候很难看清前面的路。车里很热。弗洛伦西亚望向车窗外，却几乎没有将外面的影像记在脑中，除了红绿灯——当黄灯亮起的那几秒，还有灯变成绿色的时候。恩里克发动车子时她看见，在一家废弃工厂的断壁残垣间，一个少年在涂鸦。她想着曾经的那个小女孩，想起有一次在那个墙面斑驳的院子里拥抱了她的妈妈。记忆会删除，保存，还是隐藏呢？

那个拥抱，那条印花连衣裙，爸爸唱给她的那些歌，那些画，还有那些彩色铅笔，都在哪里？它们为什么不回来？

一个记忆推搡着另一个。儿童院园子里的小飞机。她上了飞机，因为其他孩子告诉她在上面可以飞起来，而等她想下来的时候，腿上被割了一个口子。在同一个园子里，有一天橙子开始从树上落下来，它们落下来，撞在土地上。还是在另一个地方？橙子为什么会落下来？弗洛伦西亚知道，痛苦的刺几乎肯定会钉在她的视网膜上，扎进她的鼓膜里，但或许从那里会蒸馏出一束束火。也许悬崖会在寂静之中震颤，或是在祷告声中拧成一个结。无论如何,现在她想让那夜妈妈被带走后曾在她住过的每个地方吞噬自己的黑暗消散,想找回那个仅以碎片的形式到来的故事。她也必须消除记忆的盲点。

是真的吗?她有个弟弟?说不定是个妹妹?他叫什么名字,跟谁住,在学什么,知道自己有个姐姐吗?为什么她不记得那时候自己快要有个弟弟了呢?还是爸爸妈妈从来就没有告诉过她?艾米莉亚的过去掩映在面纱中。

自从路易莎死后,恩里克就不想吃晚饭了,他说自己的胃是封闭的,没办法消化食物。已经是晚上10点多了。弗洛伦西亚在她的房间里,面对着打开的窗一动不动。床头柜上,是她母亲镶着绿石头的细戒指。还有一沓照片,大概五六张,放在戒指旁边。恩里克没敲门就进了房间,弗洛伦西亚吓了一跳。

"明天你几点从系里出来?"

"不知道……"她不高兴地说,"4点,4点半,和平常一样,为什么这么问?"

"明天我会稍微晚一点下班,有个会要开,如果我晚到的话你别走,等等我,知道吗?别不等我就自己回家,最晚5点钟我就没事了。等着我,这样咱们一起回来,跟平常一样。"

弗洛伦西亚反锁上她房间的门,戴上戒指。在一张缺了角的黑白照片的记忆中,她的妈妈戴着同一枚戒指,在十五年后再一次拥抱了她。她,曾经处在崩溃边缘的小小身体,现在已经长大,正寻找着那种无法言说的痛楚。她需要找到它,即使为了追问自己和追问所有人,必须在苦难之上行走;即使妈妈的故事会将她置于悲伤的中心;即使爸爸以前为她唱的歌,会将她带向一种由缺席造成的新的孑然无依。即使这一切会让她的内心比以往更加荒凉。

不知道为什么,有一段时间了,有些夜晚,月亮的眼睛会带来她并不理解、让呼吸变得急促的影像碎片。在一个非常大的园子里,她独自一人在橙树下。是儿童院的园子还是其他地方?没有人懂得记忆如何组织它的闪念,如何将回忆编成密码,让它们回来,让它们不再回来,让它们一直在,让它们再也不在。突然,橙子开始从树上落下来;很多很多,在她周围形成了一个圆;她无法前进。

遗忘带来,带走,激荡不已,相互交织。回忆联系,忽略,重演,反抗,退缩,破译。记忆变成水,化作泥,令人眼花缭乱,闻起来像花朵,像河流。记忆唱起一首歌又听见它,编排着一个可以抚慰孤儿境遇场景的不同部分,并在某种程度上溶解着世界的孤苦无依。

自从贝芭告诉了她一切,法德尔街家中那个午后的轮廓,渐渐勾勒了出来。然后有一天,两块深色污渍浮现在墙壁上,像两具尸体。尽管多花了一点时间,一天早晨,终于出现了拥抱的回忆。她们在自己家的院子里,她在小桌前不动,她的妈妈穿着一条印着大花的连衣裙,贝芭让她们看相机。她们俩,她和她的妈妈,笑了起来;鸟摩挲羽毛,不是迅速,而是紧迫感;振翅的声音听起来更近了,越来越清晰;她的妈妈拥抱她,终于,她的妈妈拥抱了她。而那一刻她明白了,过往岁月的孤独,现在就在自己的名字里。

鸣　　谢

　　感谢玛蒂娜·贝尔托里尼,奥古斯丁·贝尔托里尼,梅塞德斯·圭拉尔德斯,罗西塔·罗滕伯格,阿德里安娜·亚诺,卡洛斯·宝拉,吉列尔莫·萨科马诺,克里斯蒂安·多明戈,米尔莎·马斯科蒂,克里斯蒂娜·伊巴涅兹,丹尼尔·萨敏,莉莉安娜·菲奥拉万蒂,雷默·楚恩珀,帕特里西亚·箱石,埃米利奥·洛卡,帕特里西亚·隆迪内利,克劳迪亚·毕达斯,安娜·德欧诺弗里奥,伊格纳西奥·门多萨,米尼斯特里奥里瓦达维亚①第五十七中学高中部参与"青年与记忆"项目的全体学生,莉莉安娜·加莱伊,莫妮卡·雷德斯玛,叶西卡·阿兰达,罗莎娜·苏亚雷斯与罗贝托·巴斯切蒂。

---

① 米尼斯特里奥里瓦达维亚,阿根廷城镇,在隆尚附近,距布宜诺斯艾利斯约32公里。

21世纪年度最佳外国小说书目
(2001—2019)

2001年：

1. 要短句,亲爱的　〔法〕彼埃蕾特·弗勒蒂奥　著
2. 雷曼先生　〔德〕斯文·雷根纳　著
3. 天空的皮肤　〔墨西哥〕埃莱娜·波尼亚托夫斯卡　著
4. 无望的逃离　〔俄罗斯〕尤·波里亚科夫　著
5. 饭店世界　〔英〕阿莉·史密斯　著
6. 凯恩河　〔美〕拉丽塔·塔德米　著

2002年：

7. 老谋深算　〔美〕安妮·普鲁克斯* 著
8. 间谍　〔英〕迈克尔·弗莱恩　著
9. 尘世的爱神　〔德〕汉斯-乌尔里希·特莱希尔　著
10. 幸福得如同上帝在法国　〔法〕马尔克·杜甘　著
11. 黑炸药先生　〔俄罗斯〕亚·普罗哈诺夫　著
12. 蜂王飞翔　〔阿根廷〕托马斯·埃洛伊　著

---

* 即安妮·普鲁。

2003 年：

13. 伊万的女儿，伊万的母亲 〔俄罗斯〕瓦·拉斯普京 著
14. 完美罪行之友 〔西班牙〕安德烈斯·特拉别略 著
15. 砖巷 〔英〕莫妮卡·阿里 著
16. 夜半撞车 〔法〕帕特里克·莫迪亚诺 著
17. 夜幕 〔德〕克里斯托夫·彼得斯 著
18. 灵魂之湾 〔美〕罗伯特·斯通 著

2004 年：

19. 深谷幽城 〔哥伦比亚〕阿瓦德·法西奥林塞 著
20. 美国佬 〔法〕弗朗兹-奥利维埃·吉斯贝尔 著
21. 台伯河边的爱情 〔德〕延·孔涅夫克 著
22. 巴拉圭消息 〔美〕莉莉·塔克 著
23. 守望灯塔 〔英〕詹妮特·温特森 著
24. 复杂的善意 〔加拿大〕米里亚姆·托尤斯 著
25. 您忠实的舒里克 〔俄罗斯〕柳·乌利茨卡娅 著

2005 年：

26. 亚瑟与乔治 〔英〕朱利安·巴恩斯 著
27. 基列家书 〔美〕玛里琳·鲁宾逊 著
28. 爱神草 〔俄罗斯〕米·希什金 著
29. 爱的怯懦 〔德〕威廉·格纳齐诺 著
30. 妖魔的狂笑 〔法〕皮埃尔·贝茹 著
31. 蓝色时刻 〔秘鲁〕阿隆索·奎托 著

2006 年：

32. 梅尔尼茨 〔瑞士〕查理斯·莱文斯基 著

33. 病魔 〔委内瑞拉〕阿尔贝托·巴雷拉 著
34. 希腊激情 〔智利〕罗伯托·安布埃罗 著
35. 萨尼卡 〔俄罗斯〕扎·普里列平 著
36. 乌拉尼亚 〔法〕勒克莱齐奥 著
37. 皇帝的孩子 〔美〕克莱尔·梅苏德 著

2008 年(本年起,以评选时间标志年度):
38. 太阳来的十秒钟 〔英〕拉塞尔·塞林·琼斯 著
39. 别了,那道风景 〔澳大利亚〕亚历克斯·米勒 著
40. 优美的安娜贝尔·李 寒彻颤栗早逝去
    〔日〕大江健三郎 著
41. 大师之死 〔法〕皮埃尔-让·雷米 著
42. 午间女人 〔德〕尤莉娅·弗兰克 著
43. 情系撒哈拉 〔西班牙〕路易斯·莱安特 著
44. 曲终人散 〔美〕约书亚·弗里斯 著
45. 我脸上的秘密 〔爱尔兰〕凯伦·阿迪夫 著

2009 年:
46. 恋爱中的男人 〔德〕马丁·瓦尔泽 著
47. 卖梦人 〔巴西〕奥古斯托·库里 著
48. 秘密手稿 〔爱尔兰〕塞巴斯蒂安·巴里 著
49. 天扰 〔加拿大〕丽芙卡·戈臣 著
50. 悠悠岁月 〔法〕安妮·埃尔诺 著
51. 图书管理员 〔俄罗斯〕米哈伊尔·叶里扎罗夫 著

2010 年:
52. 转吧,这伟大的世界 〔美〕科伦·麦凯恩 著

53.卡尔腾堡 〔德〕马塞尔·巴耶尔 著
54.恋人 〔法〕让-马克·帕里西斯 著
55.公无渡河 〔韩〕金薰 著
56.逆风 〔西班牙〕安赫莱斯·卡索 著

2011 年：

57.古泉酒馆 〔英〕理查德·弗朗西斯 著
58.天使之城或弗洛伊德博士的外套
　　〔德〕克里斯塔·沃尔夫 著
59.复活的艺术 〔智利〕埃尔南·里维拉·莱特列尔 著
60.哪里传来找我的电话铃声 〔韩〕申京淑 著
61.卡迪巴 〔法〕让-克里斯托夫·吕芬 著
62.脑残 〔俄罗斯〕奥利加·斯拉夫尼科娃 著

2012 年：

63.沙滩上的小脚印 〔法〕安娜-杜芬妮·朱利安 著
64.阳光下的日子 〔德〕米夏埃尔·库普夫米勒 著
65.唯愿你在此 〔英〕格雷厄姆·斯威夫特 著
66.帝国之王 〔西班牙〕哈维尔·莫洛 著
67.鬼火 〔美〕莉迪亚·米列特 著
68.骗局的辉煌落幕 〔瑞典〕谢什婷·埃克曼 著
69.暴风雪 〔俄罗斯〕弗拉基米尔·索罗金 著

2013 年：

70.形影不离 〔意〕亚历山德罗·皮佩尔诺 著
71.我们是姐妹 〔德〕安妮·格斯特许森 著

72. 聋儿 〔危地马拉〕罗德里格·雷耶·罗萨 著

73. 我的中尉 〔俄罗斯〕达尼伊尔·格拉宁 著

74. 边缘 〔法〕奥里维埃·亚当 著

2014 年：

75. 生命 〔德〕大卫·瓦格纳 著 ★

76. 回到潘日鲁德 〔俄罗斯〕安德烈·沃洛斯 著

77. 潜 〔法〕克里斯托夫·奥诺-迪-比奥 著

78. 在岸边 〔西班牙〕拉法埃尔·奇尔贝斯 著

79. 麻木 〔罗马尼亚〕弗洛林·拉扎莱斯库 著

80. 回家 〔加拿大〕丹尼斯·博克 著

2015 年：

81. 骗子 〔西班牙〕哈维尔·塞尔卡斯 著 ★

82. 星座号 〔法〕阿德里安·博斯克 著

83. 所有爱的开始 〔德〕尤迪特·海尔曼 著

84. 首相 A 〔日〕田中慎弥 著

85. 美丽的年轻女子 〔荷兰〕汤米·维尔林哈 著

2016 年：

86. 酷暑天 〔冰岛〕埃纳尔·茂尔·古德蒙德松 著 ★

87. 祖列依哈睁开了眼睛 〔俄罗斯〕古泽尔·雅辛娜 著

88. 本来我们应该跳舞 〔德〕海因茨·海勒 著

89. 父亲岛 〔西班牙〕费尔南多·马里亚斯 著

90. 黑腚 〔尼日利亚〕A.伊各尼·巴雷特 著

V

2017 年：

91. 遇见　〔德〕博多·基尔希霍夫　著　★
92. 女大厨　〔法〕玛丽·恩迪亚耶　著
93. 电厂之夜　〔阿根廷〕爱德华多·萨切里　著
94. 小女孩与幻梦者　〔意〕达契亚·玛拉依妮　著

2018—2019 年：

95. 夫妻的房间　〔法〕埃里克·莱因哈特　著
96. 活在你手机里的我　〔俄罗斯〕德米特里·格鲁霍夫斯基　著
97. 首都　〔奥地利〕罗伯特·梅纳瑟　著　★
98. 已无人为我哭泣　〔尼加拉瓜〕塞尔希奥·拉米雷斯　著

2020—2021 年：

99. 白痴　〔法〕皮埃尔·居约塔　著
100. 世界的暴烈呼吸　〔阿根廷〕安赫拉·普拉德利　著
101. 拭城　〔波兰〕米哈乌·维特科夫斯基　著
102. 天球　〔芬兰〕奥利·雅诺宁　著

　　（带★者为"邹韬奋年度外国小说奖"获奖作品）